信仰的力量

XINYANG DE LILIANG

赵郁秀 著

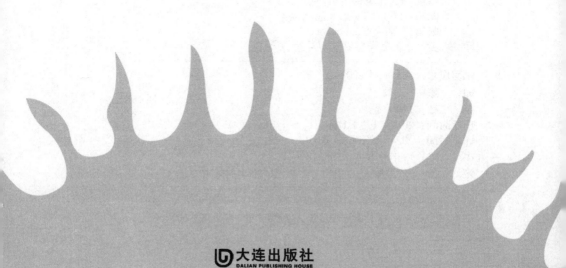

大连出版社

DALIAN PUBLISHING HOUSE

图书在版编目（CIP）数据

信仰的力量 / 赵郁秀著. —大连：大连出版社，2017.1（2024.5重印）
（红色记忆）
ISBN 978-7-5505-1096-8

Ⅰ.①信…　Ⅱ.①赵…　Ⅲ.①纪实文学—作品集—中
国—当代　Ⅳ.①I25

中国版本图书馆CIP数据核字(2016)第194518号

策划编辑： 于凤英　卢　锋
责任编辑： 于凤英　李玉芝
特邀编辑： 林爱敏
封面设计： 蓝瑟传媒
责任校对： 张丽娜
责任印制： 徐丽红

出版发行者： 大连出版社
　　　　　地址： 大连市西岗区东北路161号
　　　　　邮编： 116016
　　　　　电话： 0411-83620573 / 83620245
　　　　　传真： 0411-83610391
　　　　　网址： http:// www.dlmpm.com
　　　　　邮箱： dlcbs@dlmpm.com
印　刷　者： 永清县晔盛亚胶印有限公司

幅面尺寸： 160 mm × 220 mm
印　　张： 10
字　　数： 140千字
出版时间： 2017年1月第1版
印刷时间： 2024年5月第6次印刷
书　　号： ISBN 978-7-5505-1096-8
定　　价： 39.00元

唱响爱国主义主旋律 序

邓友梅

"爱国主义是中华民族精神的核心。""把爱国主义作为文艺创作的主旋律。""让爱国主义精神在广大青少年心中牢牢扎根。"……

在我和同志们学习、领会习近平总书记在全国文艺工作座谈会和中共中央政治局第二十九次集体学习会上的这些讲话时，收到了我的老同学赵郁秀寄来的一份手稿，说是大连出版社将为她出一部新书，要我写个序言。

我现多病，久不提笔了。但顺手翻翻手稿目录，有的文题吸引了我，随之读下去。这不正是近两年我国民众隆重纪念重大革命活动、弘扬爱国主义精神、唱响爱国主义主旋律的中国故事嘛！纪念中国人民抗日战争暨世界反法西斯战争胜利 70 周年，

邓友梅同赵郁秀

i

纪念中国共产党建党 95 周年，纪念红军长征胜利 80 周年，以及纪念中国人民解放军建军 90 周年，全有展现，真乃"讲好中国故事"！

恰值中国作家协会正举办纪念中国共产党建党 95 周年、红军长征胜利 80 周年系列文学活动，以推动作家们以爱国主义精神追寻中国梦、讴歌我们的伟大时代。我动心了，准备打破我的封笔守则。另外，赵郁秀是我的老同学。半个多世纪前，我们都是丁玲、田间任所长的中央文学研究所（现为鲁迅文学院）二期的同学。比起白刃、张志民等参加过抗战的老文艺战士，我们以及苗得雨、孙静轩、李宏林等算是小字辈，当时都 20 多岁（她年龄最小）。同窗两年，听过茅盾、老舍、郑振铎、冯雪峰、游国恩、胡风、冯至、黄药眠、吴组缃、李何林等诸多名家讲课。1953～1955 年，我们在祖国的黄金时代度过了金子般灿烂、美好的时光，永记不忘、友谊长存。

我欣然答应动笔作序还有一原因，是此书在大连出版社出版。大连是个美丽的地方，开放较早，尽管大连出版社成立仅二十几年，但据我所知，大连出版活动历史悠久。在解放战争年代，党中央在西柏坡时，作家丁玲写出了《太阳照在桑干河上》，当年中宣部领导、毛泽东主席读过此书都很赞赏。据说，毛主席亲自嘱告胡乔木同志同大连联系，在大连印制、出版，说那里印得好、印得快。丁玲将随蔡畅大姐去匈牙利参加世界民主妇联代表大会，可将这本书带去，毛主席说"这是代表中国人民的"。那时全国主要城市还没解放，由大连光华书店出版的这本新书已走向世界，之后又获得了斯大林文学奖。这也是大连的光荣。今天的大连出版社，继承传统，旗开得胜，他们主办的"大白鲸"原创幻想儿童文学优秀作品征集活动享誉全国，还在北京举办过幻想儿童文学高层论坛。

我曾见《文艺报》（2007 年 3 月 10 日）有一篇评介辽宁儿童

文学及赵郁秀同志的长文，称辽宁为"儿童文学重镇"，辽宁的中青年作家屡次获国家大奖，因为在他们背后有位"不求名、不图利，甘为作家们的进步而忙碌的前辈"。

我的同学赵郁秀多年忙碌于辽宁儿童文学事业，现已80余岁高龄了，还能抽暇不断发表文章，不断有新书出版，我为之惊喜。我翻阅的这部纪实文学部分书稿，正如我文前所说，是追述中国重大革命历史进程、唱响爱国主义精神的中国故事。自建党始，毛泽东同志领导秋收起义、井冈山会师、红军长征，至九一八事变中国全民奋起抗战，有浴血白山黑水的东北抗联英雄，有一二·九运动的青年先锋，有一·二八淞沪战役的勇士，还有扬名中外的中国远征军。虽然不是作者亲历，但都是亲历者亲口诉说，作者多年亲自接触、专题访问，是有历史依据的真实故事。作者没有经历过抗日战争，但她目睹了日寇对东北的霸占和统治，经历过解放战争和抗美援朝的烽火岁月，她书写的革命前辈、红军将士、抗战人物大多都是她在那个年代相识、相知的，有感情交流，有共鸣，所讲述的中国故事虽非金戈铁马、枪林弹雨，但所选取的活生生的细节，真实可信，实事，实录，描写形象，感人至深。

《梦想的力量》是作者对抗战老作家的追思。记得在纪念中国人民抗日战争胜利70周年时，《人民日报》曾开设一专栏——《铭记：抗战中的文艺》，其中一期为"抗战中的文学"，醒目首题为"我的家在东北松花江上"，这里着重介绍了早早举起抗日大旗的东北作家群。对此，本书中均有专题书写，有萧红的知友白朗、端木蕻良，有萧军的知友舒群、罗烽，还有雷加，以及虽无专题采访也有文字介绍的李辉英、骆宾基等。他们以自己的作品深情书写了国破家亡、人民遭难的历史和中国人民顽强的抗争精神，正如《人民日报》所述，

"每一个字都是滚烫的呐喊"。

书中所追思的作家，除被誉为"抗战文学开拓者"的东北作家群外，还有两位以脍炙人口的经典歌曲使广大人民特别是人民解放军和广大少年儿童深深敬仰的抗战诗人、作家，那就是军歌词作者公木和《歌唱二小放牛郎》的词作者方冰，他们都是本书作者早已熟悉并尊重的领导和同志。作者以崇敬的心情和简洁的笔锋介绍了他们创作经典作品的时代背景和当时的心态与激情，更通过诸多故事，展示了他们高尚的人品和文品。

神圣的抗战精神和民族精魂，在前辈老舍和丁玲等名家身上更有鲜明体现。老舍在抗战大后方，被推举为中华全国文艺界抗敌协会的领导人，他曾奔赴延安得到毛泽东和朱德的接见。丁玲以"武将军"姿态率领西北战地服务团跋涉在如火如荼的山西前线。著名音乐家李劫夫，就是在丁玲领导下于战火征程中提笔作曲，并经丁玲丈夫陈明介绍加入中国共产党的。这些生活细节在我所读到的诸多评介丁玲的文章和书籍中尚无见闻。大作家、大音乐家在抗战硝烟中结识，在强劲的军旅步伐中飞跃，正体现了神圣的抗战精神和民族精魂。

还有，正值中国文学泰斗茅盾诞辰120周年之际，本书特推出记述茅公一文，精心展示了这位不太被人所知的1921年便入党的老共产党员的纯净的党性原则、鲜活的伟大而平凡的人性品德，堪称民族精英。

井冈山精神、长征精神、抗战精神，均以爱国主义和英雄主义为核心，源自中华民族的民族性格和民族传统，源自马克思主义同中国革命实践相结合的发展。《信仰的力量》是对革命前辈的深情书写，更是这种精神的体现。自北伐战争至中国共产党成立，优秀的中华儿女浴血奋战，前赴后继，血肉筑长城，中华民族实现民族复兴梦，焕发了新的蓬勃生机，创造了人类社会发展史上惊天动地的发展奇迹。

在纪念中国共产党成立95周年，红军长征胜利80周年等一系列重大活动之际，大连出版社推出这两部厚重的纪实文学暨报告文学集《信仰的力量》《梦想的力量》别有意义：体现了习近平总书记的多次重要讲话精神——"不忘初心，继续前进"，"长期坚持，永不动摇"，体现了"唱响爱国主义主旋律"，"讴歌民族英雄，倾诉家国情怀"，"为人民抒写、为人民抒情、为人民抒怀"。老少读者皆宜，受鼓舞，增斗志，能够激发坚守信仰、追求梦想、自强自信的"精气神"，助推为民族复兴拼搏奋斗的动力，实现伟大的中国梦。

我想我的同学、作者赵郁秀及大连出版社推出此书的梦想定会得以实现！

目录 MULU

周总理回第二故乡

　　1962年，春花烂漫、风和日丽的六月天，辽宁省作家协会所在的沈阳大帅府（张学良故居），夜晚一贯地静悄悄，我在宿舍里安排好我不足四个月的小女儿安静睡下。听到窗外有轻轻的话语声，隔窗外望，月光下似有人影晃动，我好奇地披衣下楼，径直奔向前院，那是同省作协紧连的省图书馆的大院。院中有一圆形花坛，丁香花刚谢，波斯菊盛开，散发着淡淡的清香。花坛旁站着省作协主席马加，他头上的帽子歪斜着，外衣敞开着。我急忙走上前，见马加同志向将要走出大门的几个人频频招手，而即将迈出大门的其中两位中年男女同志也转回身向马加招手。在朦胧的月光下，我看出那位体态标致、颇有风度的男同志好像是周恩来总理，身旁短发女同志似乎是邓颖超大姐。未容我细辨认，他们三五人已迈出大门。门外车灯闪亮，汽车远去了。我忙上前问马加同志："谁？好像是周总理。"

"是的，是这样……"他转身责问站在身后的小姜同志，"你怎么不早上楼告诉我呢？"

小姜微笑着点头，支支吾吾地回答："我也蒙了，我也不知道您住在哪儿呀。"

小姜是刚从辽宁大学中文系分配来的小青年，此时正沉浸在幸福中。他美滋滋地向我说："你看我，连手都没握上，真是乐蒙了。"他看我紧向他追问便慢慢说："我正在收发室看报，听到大门铃响，看门的翟大爷没马上开门，问找谁。门外有人说是公安局的，让开开门。翟大爷忙打开门，嘴里还叨咕：'八点多钟了，公安局？查户口呀？'我抬头一看，'查户口的人'身后，有一男一女进来了，细一看，好像是周恩来总理，我赶忙上前行个大礼。随着，我就不由自主地跟着他们往前走，很怕离开总理一步。总理回头问我：'小同志，你是干什么的？'我随口答：'我是门卫，保卫首长的。'总理笑着说：'你们什么单位，还专设一个保卫首长的？'我又改口说：'是管来客登记的。'总理说：'噢，我们还没登记呢。'——"

马加同志打断了他的话："你不知我住在哪里，那老翟头儿呢？他上哪儿去啦？"

小姜答："他回收发室看门去了。"

马加说了一句："好了，你们都赶紧回去睡觉吧。"他转身向东大门作协收发室走去。

我回到房间，小女儿还在熟睡。我睡不着了，想着周总理为什么突然来到大帅府，连我们领导事先也不知道。总理是不是到距我们机关不太远的他的母校参观了？白天太忙，趁夜晚出来看看。是为了安全，还是怕打扰大家，临时起意？总理真是日理万机呀！

我回忆起我在北京上学时见到周总理的那次经历。

1954 年年底，我在北京中央文学研究所（简称文研所）学习时，随同我的同学、军旅作家白刃去北京饭店参加全国文联组织的迎春联欢舞会。舞池中间的周总理身穿笔挺的中山服，风度翩翩，正在跳华尔兹，舞步稳健明快，一会儿旋转如飞，一会儿轻盈悠悠，还不时同身旁过往的舞友点头微笑打招呼。休息时，总理不断同身旁的人交谈。一次休息，白刃拉我坐到离总理较近的座位，只听总理问刚落座的舞伴："听说你是美国纽约伊斯曼的研究生，那是很有名的音乐学院哩。"

"是的，我在那里毕业时已经 32 岁，都有两个孩子了，考了几年才考上。"

总理又说："你取得那么好的成绩，还毅然回国，我们非常欢迎你。"

"很感谢总理，我回国举办的第一次演唱会，您就前来参加，还上台亲切接见了我。我永世不会忘记的，一定要好好为人民服务。"

这时，我认出来了，那位女士是花腔女高音歌唱家张权，我听过她的演唱会。接着，总理又问她孩子上学习不习惯，生活工作上有什么困难，等等。

这一场迎春舞会，我不仅深深记住了周总理标准的舞步和舞姿，更深深记住了他对文艺工作者的真情关爱。

20 世纪 60 年代初，我有篇散文，记叙的就是周总理以普通公民身份到鞍钢工人模范家属王秀兰家中串门走访的事。那是 1956 年的一天，周总理由鞍山市市长陪同突然到访王秀兰家。总理进屋时，王秀兰的丈夫正在床上睡大觉，她忙要喊醒丈夫，总理马上制止说："不要喊他，工人师傅上夜班很辛苦，让他好好休息吧，影响他睡一分钟觉，生产就要受一分影响呢。"

在王秀兰家中，总理细问了工人住的平房里有没有自来水，家属用的针头线脑到哪儿去买，平时能不能看到电影，上没上夜校，等等。他还代表邓颖超大姐向街道妇女姐妹们问好。当总理看见窗外一群孩子趴在窗玻璃上挤着往里看时，又得知王秀兰膝下的两个儿子都夭折了，总理关切地安慰说："秀兰，不要难过，我们和你一样，也没有孩子。你看窗外这些娃娃们，多可爱呀！他们都是我们的孩子，中国千千万万的孩子都是我们的后人，我们精心把他们培养好、教育好，我们一生就很幸福啦！"

这一天，总理还去了鞍钢建筑工地、高炉前、各加工厂，同工人们亲切交谈，任何人事先都不知道国家总理要来访。

想起这些，第二天，我便早早起来，到作协的收发室，向看门的翟大爷打听昨晚的情况。紧接着，小姜同志及住在作协院里的同志们都聚拢来，七嘴八舌追问昨天夜里发生的大喜事。翟大爷介绍说，总理进门以后和他老伴邓大姐说，他小时候就在东关那儿的学校念书，常打这门前走，知道这是张大帅家的大宅门，常扒门缝往里看，门卫还撵他。有时他捡个铁钉，顺着这个大院墙，边划边绕圈走。邓大姐还笑着说："你看没看那外墙上还有没有你划过的钉子印？"

大家又质问他们俩为什么不立即报告马加同志。小姜歉意地说："我就是想多陪总理走一段，一生难得，多幸福呀！后来，总理知道了作协机关在这儿办公，便问作协领导是谁，我马上回答是马加同志。总理想想说，是延安来的吧。我这才想到让翟大爷快去找领导报告。"

小姜接着向我们介绍：

总理走进了院，经过了小青楼，陪同他的人介绍说，这是张作霖五姨太的小楼，大门外的西式二层小楼是张学良为赵四小姐建的。小青楼后西侧是张学良居住、办公的主楼大青楼，楼前有假山、花坛。总理仰望着这中西合璧的三层高高大青楼说，这就是张学良易帜的地方吧？也是他摆鸿门宴除掉杨宇霆、常荫槐的地方喽，所谓'杨（扬）常（长）而去'也。

陪同人员问："要不要请他们打开门，您进去看看？"总理摆摆手："不要打扰，不要打扰。"

由大青楼漫步走进西院，这里是一座红砖到顶的三层高楼，没等张学良搬进去办公，九一八事变就爆发了，日本关东军将其霸占为警备区司令部。现在，辽宁作协的领导、作家及部分编辑人员住于此楼（办公在主楼）。中院的三进四合院古建筑是张作霖的旧居，现在是图书馆的书库，保存有辽宁省最珍贵的文史资料。周总理在此驻足，隔门细看，说，皇姑屯事件以后，张作霖就是在这里停尸好几天，瞒过了关东军司令部吧？国恨又添家仇，增强了张学良的抗日决心。

就在这时，马加同志从大红楼匆匆赶来，同总理紧紧握手。总理详细问了草明和他的情况。马加同志告诉总理，草明同志在鞍山很好。他和夫人在新民县郊区一农村落了户，作协机关还在那里办了一个农场。总理问，你们农场都种了什么？马加说，主要种白鹤苞米。总理说，这是新品种哟，长得好吗？一亩地能打多少？马加说，能打500多斤。总理说，很不错呀，跨了"纲要"呀。总理又问，农民的庄稼怎么样？马加回答说，社员的庄稼比我们农场的高一头，深一色。总理笑了，说，好呀，我们农村的形势已经好转了。总理又细问了农村一些情况后说，你们东北作家能长期到工农群众中生活，很好嘛，希望能写出好作品！

小姜同志介绍到这里说，后来总理就和马加同志挥手告别了。有的同志还打电话问了图书馆，图书馆的人回答说，除了收发室看门（南大门）的同志，任何人都不知晓昨晚的情况，因为他们的领导和职工都不住在这个院里。大家胡猜乱想：总理是到他读书的东关模范学校访问，还是来沈阳开会，或者陪外宾、搞调查研究？这正是三年困难刚刚好转的时期，总理能到哪里去访贫问苦呢？

1976年1月8日，举国上下挥泪含悲，我们敬爱的周恩来总理永远地离开了我们。这时我已由插队的农村上调到铁岭地区，才知道周总理是在铁岭的银冈书院读的小学。周总理和邓大姐还曾于1962年来过铁岭，马不停蹄地走访参观，临走时还借去了《铁岭县志》（总理于三个月后寄还，并致函道谢），总理要细细重温少小离家就读塞外的过往岁月。邓大姐说过，总理生长在江淮平原，他第一次登山登的就是铁岭的龙首山，他第一次进新学堂进的就是铁岭的银冈书院，第一次走出家门到外地就是去东北铁岭县，可以说铁岭是他的第二个故乡。

1976年"四人帮"被粉碎，铁岭人民终于扬眉吐气了，以第二故乡的家乡人姿态隆重举办了纪念周恩来总理的活动，广泛搜集历史资料，当年总理的同学和接待过总理的人们纷纷拿出保存的珍贵图片和谈话记录，一位姓曹的老人献出了当年同学周恩来送给他的砚台。教育局将被侵占的原银冈书院的四合院住宅一一清理，很快办起了全区重点高中。我的小女儿因为参加全省数学竞赛名列前茅，便由初二破格考入这所高中，一年后（1978年）考取了北京大学物理系。人们都说我的小女儿是个有福的孩子，中学在周恩来读书的地方，大学在毛主席工作的地方。因此我对银冈书院（后重点高中迁到新建的高楼，此处设为周恩来少年读书旧址纪念馆）也有了特别的感情，常去那里参观、走访。

周恩来总理同朝鲜族大娘亲切交流

这时我才弄清，十几年前令辽宁作协的同志们念念不忘的那个不平凡的夜晚，正是周总理铁岭之行的前曲。他到辽宁来是接待朝鲜贵宾的，忙里偷闲提前一天来到铁岭，满足他多年萦怀童年、欲见关东父老的思乡之情。

　　1962年6月15日早，正在乡下蹲点的铁岭县委书记孙蔚如接到一个紧急电话，告知他有一位中央领导要来县视察，请他速归。他问需要准备什么，回答：只备两辆吉普车，其他都不需要。孙蔚如火速返县，随同省里一位领导赶到火车站后方知迎接的是周恩来总理。他想应该先到招待所请总理喝杯茶，但是总理热情地让他坐到自己的吉普车上，要径直奔县委开座谈会。吉普车绕县城街道慢行，总理一路走一路看一路问。到达县委后，孙蔚如和县长实话实说做了汇报。总理又一一询问大家的意见。最后，总理说，三年困难时期总算过去了，我们都是以长征精神和打鬼子的精神把困难甩在了后边。年初，中央把全国的县委书记都请到北京，开了七千人大会，与会人员及党中央机关领导和毛主席一起过春节，这是前所未有的，目的就是要解决各级领导班子民主集中制问题。三年困难有自然灾害原因，也有人为原因。这次会议就是要总结经验教训，教育全党，以防后患，鼓干劲，大发展……说完，总理喝了两大碗白开水，马上就到农村田间走访。邓大姐就去县妇联看望姐妹们。

　　周总理一行来到平顶堡乡。孙蔚如心里直打鼓：事先没有安排，农家的卫生能通过总理的审查吗？恰巧总理进村推门进的第一户是朝鲜族人家。孙蔚如安心了，号称"白衣民族"的朝鲜族人是非常讲卫生的。总理进屋，看到油光锃亮的大炕上坐着一位白衣白裙、年近八旬的老阿妈妮，总理向她深深鞠了一躬。老人的儿子是共产党员，她以很流利的汉语向总理报告了他们的生活、生产和民族和睦情况。总理在屋里细看了炕上叠得整齐干净的被格问："您家老少三辈，被子够盖不？"走进厨房，总理又掀开锅盖，看见大锅里正放着一小盆白米饭，总理很满意。

　　走进的第二家是汉族人家，炕上坐着两个小姑娘正在写作业，大一点儿的女孩一眼便认出周恩来总理，下地行礼问好，而小女孩却躲到门后不敢见面，总理一把将她抱起，用带胡楂的脸腮亲近她，问："叫什么名字？上学没有？"

小女孩小声答："我叫李绍华，我姐叫李绍霞。刚上小学。"

总理大声说："啊，小学生了，我叫你小华吧！一定好好学习，长大了到北京，到我家去串门。"

"真的？"小华乐得从总理怀里跳下地，赶忙拿出自己崭新的书本给总理看。总理看罢还要看姐姐的课本。姐姐忙打开书包，拿出书本递给总理，说："这是我五年级的课本和作业本。"

总理认真翻阅，并提一些问题。而后问她们的爸爸现在的生活、生产怎么样，粮食够吃不，等等。

这位农民如实说："现在能吃饱饭了，就是布票少，过年不能人人换上新衣服。女孩子们总得穿件花衣裳啊！"

总理笑笑说："对，对。我们国家要发展化纤工业了，以后要保证孩子们过年穿新衣哟。"

总理从李家走出时，左邻右舍的邻居都闻讯赶过来，包围了这位"不速之客"。

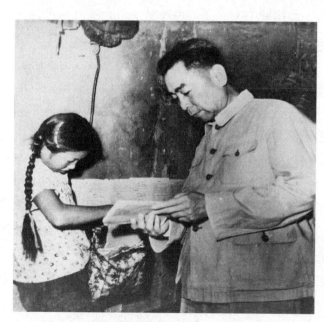

一个挎着菜筐的大眼睛小男孩从围着的人群中钻进去，仰脸望望这位客人，大声说："周恩来，你是周恩来！"

总理哈哈大笑："对，我就是周恩来。你叫什么名字？"

周恩来总理翻阅李绍霞的课本

"报告总理，我叫于洪秋。"

"好勇敢的小朋友，来，握握手。"总理伸出右手，而小洪秋伸出手后马上又缩回去，他的手沾满了泥土，不好意思地在衣服上蹭。总理忙拉着他的手紧握着说："你这是劳动的手，让我也沾点儿劳动的气息。"又问，"几岁了？"

"12岁。"小洪秋答。

"哦！"总理沉思了一下，似乎想到了他来铁岭上学时正是这个年龄。总理慢慢提起他的菜筐，自语似的说："好沉啊。喂猪菜？"

"嗯哪。放晌学回来，一会儿就挖一筐，够吃两天的。"

"好啊，孩子。"总理亲切地拍拍他的肩头，"小小年纪就能帮助家里劳动，长大一定是个好农民！还要好好学习，当个有文化的农民，科学种田，改变家乡面貌。"

大家高兴地随着小洪秋一起鼓掌。

小洪秋回家，没舍得洗手，举着那只泥手跑向学校，向同学们大声炫耀，同学们都抢着同他握手，手上的泥土全被大家摸光了。这天放学回家，小洪秋在6月15日的台历上规规矩矩地写下"难忘的一天"，想想又写下"最幸福的一天"。爸爸一看，高兴地告诉他，这页日历要好好保存。他把日历撕下来夹在自己最心爱的本子里，又在日历的眉头加写一句"毛主席万岁"。大概只有这样才能表达尽他激动、幸福的

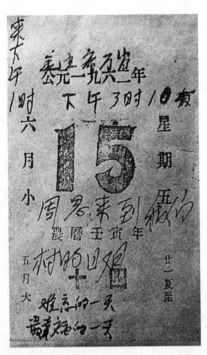

于洪秋当天在日历上记下的文字

心情。

这页日历现已保存在铁岭银冈书院周总理纪念馆。周总理第二故乡的人们永远记着这个日子。

周总理一行从农家来到田间，妇女们正在田地里薅草。身穿褪色布衣的总理蹲下身与大家一起拔草，边干边谈，同时还不断嘱咐随行人员脚下留情，不要踩着小苗。干到地头，总理席地而坐，请二三十名农民、干部聚集到地头座谈，听群众意见。有的农民说，现在优良种子不好买，有的农民说水田鞋、铁锹等农具质量不好……总理一一记下，又与农民共同探讨如何科学种田、创高产……最后，总理对在场的干部们说："你们辽宁工业有基础，搞得好，粮食产量也应该撒欢撵上来，不能端着金碗要饭吃呀。前两年有困难，是自然灾害，也有人为因素。我是国务院总理，全国性问题我是有责任的。我们的干部、农民都是忠于共产党的。只要我们实事求是、埋头苦干，一定能打好翻身仗……"

总理一席真情话，说得大伙儿心窝暖洋洋。一位年轻的妇女干部不由高喊："人民总理爱人民！"大家起身同总理合影留念。

太阳偏西，已过午饭时间，县委书记要请总理回县吃个便饭。总理摆手拒绝，说："下车前用餐了。晚饭前要赶到沈阳，还要更衣、修面，宴请外宾呀。亲不亲，家乡人，来到这家乡的土地上，就想多走走、多看看，要争分夺秒。"总理一行又马不停蹄地登上了辽北著名的龙首山。在山腰的慈清寺前，有一位白发老人正带领小武术班的孩子们练功夫。看过孩子们的功夫表演，总理兴奋地说："好！我小时也学过武术，就是像这些孩子这么大年龄来到铁岭，登上龙首山的，我在家乡没见过这么高、这么美的山。那时我的身体很瘦弱，刚到严寒的东北，风吹、沙打、雪花飘，很不适应。但是，我的伯父和同学们带我坚持登山锻炼，经历了塞北的风雪严寒，吃了三年多高粱米、玉米饼子，还有大葱蘸大酱，长高了，长壮了，也长出了一个好身板。今年我 64 岁了，还登山不喘，咱们一口气登上龙首山的最高峰！"

邓大姐坐在龙首山的半壁凉亭里，望着周总理继续穿过郁郁葱葱的苍松翠柏，向龙尾峰方向攀登。她向陪同的人们介绍说："总理当年在铁岭学习、生活虽然只有半年多，但他对这里的一切记得很清晰，常常向我叨念，像眷恋他的家乡一样眷恋着铁岭的风物人情。也可能是在来这里之前，他在淮安家乡正处于孤独悲苦之中，这里给了他一个新的环境、新的世界。"

周恩来总理曾向美国记者表述过，他有三个母亲，"生母慈祥、温柔，但文化不高……我从她身上学到了宽容、大度的性格……我与世无争。我的嗣母才学出众，她的父母很开明，她教我热爱知识、学会动脑筋。我的奶妈把我带到大运河边她自己的家里，我从她那里了解到劳动人民是如何生活的，她教我大公无私。"

因为他的生母大度，将不满 1 岁的长子周恩来过继给生肺病的小叔（周家父辈四兄弟，生父为老二）"冲喜"。两个月后，21 岁的小叔病故，不足 20 岁的婶母为其养母，将其视为掌上明珠。4 岁

铁岭市周恩来少年读书旧址纪念馆

教他认字、读书，6 岁让他背古诗词，7 岁进家塾。9 岁（1907 年）时，生母万氏病故。不足一年，养母陈氏又病故（1908 年）。不满 10 岁，承载着继兴祖业的周家长孙、长子周恩来，接连两次身着洁白重孝，扶柩送灵，失去母爱，只能跟随奶妈蒋氏去农村苦度日月。在这孤苦之际，在东北奉天（今沈阳）谋职的四伯父周贻赓来函，要接他去东北读书。1910 年，12 岁的周恩来随同曾在铁岭任税务局局长的三伯父周贻谦，由大运河乘船北上经天津跨入辽河，于铁岭码头登岸。

铁岭银冈书院是一位于官场不得志、被发配塞外的清朝官吏郝浴于顺治年间建的家塾。康熙十四年（1675 年），郝浴重返官场，将家宅十余间、土地 200 余亩捐做学堂。因"屋后一冈，隐然龙卧，所谓银冈者也"，故定为银冈书院。日俄战争时，辽河岸边成为两寇争夺战场，书院曾遭战火。后由该书院学子曾宪文联合有志之士集资献力，将书院按新学派思维重新建设，设小学四年、高小三年，另有"劝学所"。周家伯父携周恩来到此，交上作文和大楷，便被编入小学三年甲班。这里不同淮安的家塾，教室宽敞，课桌排排，还有可运动的操场、教学唱歌的风琴和藏很多新书的书库，周恩来感到一切都耳目一新。

在这里，曾宪文等老师不仅像他养母陈氏那样有声有色地讲生于淮安的韩信、梁红玉等英雄的故事，讲从银冈书院走出的镇守山海关、被誉为"塞外高松"的左懋泰及曾冒死执刀怒斥贪官暴行的戴国士的英雄事迹，更讲日俄战争时这里的人民如何遭涂炭，大连、山东如何被强占。在这里，周恩来学到的第一首歌是《何日醒》。

……

辽东半岛风云紧，强俄未撤兵。呜呼东三省……户无鸡犬宁。日本三岛顿起雄心，新仇旧恨并。舰队连樯进，黄金山外炮声声。俄败何喜，日胜何欣？同胞何日醒？

这里的老师教他描红写大楷的歌词《快猛醒》：

> ……弱肉强食之日，优胜劣败之秋。劝同胞，快猛醒，莫学睡狮高枕无忧。固卫我山河，保守我神州，勿令他人侵犯我自由。……

13岁的周恩来带着这样的楷书，唱着这样的歌曲，眷恋着龙首山的青松、春花、红叶，离开铁岭，由四伯父陪同走进奉天（即沈阳）刚建起的东关模范学校，插入高等丁班。

这所学校建立在奉天秀丽的万泉河岸边，两栋青砖绿柱新式楼房，宽敞的走廊和新式礼堂，还有亮堂堂的实验室和各种仪器，真像四伯父所说"校舍之宏，人才之盛"全省可数，使13岁的周恩来更耳目一新了。使他更为欣喜的是，这里的校长和教历史课的高亦吾老师都是反帝反清的爱国派。高老师在课堂上讲八国联军在北京的滔天罪行，讲孙中山、邹容和林则徐，还常常借给周恩来《民报》《革命军》《警世钟》阅读。在高老师的修身课上，小小周恩来发出"为中华之崛起而读书"的豪言壮语。高老师曾向校长称赞"周恩来这孩子，勇敢而不粗心，聪明而不显露，大方而不骄傲，沉静而不呆板，刚毅之性，迥乎常人"。在这里，庆祝辛亥革命胜利日时，周恩来第一个上台剪掉了辫子；在这里，周恩来以禁毒救国为题的讲演震动了听讲的同学和家长；在这里，周恩来的作文《东关模范学校第二周年纪念日感言》被批为甲等优秀作文，不仅在全省展览，还于1913年和1914年相继被奉天和上海大东书局编入《中学国文成绩精粹》等丛书。

1913年8月，周恩来由东北考入天津南开中学。1917年，周恩来由南开中学毕业，东渡日本留学，路经沈阳时特回母校看望东北老同学，给郭思宁等同学写下"愿相会于中华腾飞世界时""志在四方"的题词，落款为"翔宇"。自从在铁岭首登龙首山听堂伯父讲龙首山的神龙传说，周恩来激起了将要似龙一样腾飞翱翔、为民造福的志向，因此取别名为"翔宇"。

在龙首山主峰，周总理眼望逶迤不尽的山峰，向随行人员讲述他当年听伯父讲的神龙传说。他指指慈清寺飞檐下挂的匾牌"风调雨顺 国泰民安"说："这八个大字好啊！龙首山这条神龙就是要顺着民意腾飞，为百姓保平安。"说着，他转身俯视龙首山脚下波光粼粼、蜿蜒流淌着的河水问："这条大河叫什么名字来着？"

有人回答："据说从前叫麒麟河，现在叫柴河。"

"噢，柴河。把这条河治理一下。这里有过大旱，还发过大洪水。修个水库，变水患为水利，不就风调雨顺、国泰民安了嘛！"

周总理、邓大姐于下午3时许走下龙首山，恋恋不舍地向乡亲们告别。近6个小时不停歇地走访参观，只喝了铁岭几大碗白开水，总理还笑着说，家乡的水好甜哪！

10年后，铁岭人民发愤图强，修建成了柴河水库，铁岭的粮食产量翻了番，特致函向总理汇报，总理及时回信鼓励。

15年后，在银冈书院校址创办的铁岭重点高中，95%的学生考取了大学（其中1/5考取了名牌大学），同学们分手时不少人的留言都是"为中华之崛起而读书"，"愿相会于中华腾飞世界时"。我的女儿至今还保存着这样的同学留言。

今天，周总理第二故乡的孩子们都深记着以"翔宇"之名留下的"志在四方""中华腾飞"这刻骨铭心、激励斗志的壮语，深记着当年高老师女儿到北京受到周总理热情接待时总理说的话："高老师的帮助对我走上革命道路奠定了基础，他是我的引路老师，良师是永远值得尊敬的啊！"

今天，在银冈书院附近新建的学校读书的孩子们，常常高唱着总理当年喜欢的歌曲：

中华腾飞，志在四方……

蔡妈妈和孩子们

　　延安的夏天是美丽的，春季的风沙停歇了，黄土高原变绿了。"红格澄澄太阳，蓝格淡淡天，绿格莹莹山上开遍山丹丹。乌格青青宝塔，清格朗朗水，岸畔畔歌声传啰三边。"在这美丽的季节，每当夕阳西下，特别是周六傍晚，歌声、琴声、欢笑声，即使传不了"三边"，也会在延河两岸久久荡漾，悠悠回转。这时，在这些游戏、散步的人群里，常常有一位文雅、端庄的中年妇女和一位壮壮实实的男同志带着一群蹦蹦跳跳的娃娃，或涉延河水，或爬宝塔山，或在枣园、杨家岭散步、闲谈。他们便是已被同志们尊称为"大姐"的蔡畅和中央组织部副部长李富春及他们抚育的儿女们。

　　蔡大姐和李富春同志只有一个在法国出生的女儿，因为奔波革命，戎马倥偬，一直未带在身边。红军长征胜利到达陕北后，流落在白区铁蹄下的烈士遗孤们辗转来到了延安，蔡大姐以深厚的革命情谊、火热的慈母之心陆续收养了他们。最先来到的有她哥哥蔡和森（同毛泽东共创新民学会，曾担任过中共驻共产国际代表和中共党内领导职务，1931年被反动派将四肢钉在墙上，用刺刀戳死）的孩子，有鲁迅先生在《铲共大观》中提到的头颅被挂在长沙司门口示众的"共魁"郭亮的儿子，还有共青团早期领导人张太雷的儿子，父母都为烈士的"游击队之子"……

1938年，蔡大姐去苏联学习、治病，顺便把他们带到列宁的故乡，送进莫斯科郊外共产国际办的国际儿童院。从苏联回来后，她又张开母亲的胸怀，拥抱了一个又一个怀揣父亲遗诗、手捧母亲书信长途跋涉风尘仆仆来到延安的孤儿。看，那总是走在前边，带着一身虎气的高个男娃，是烈士刘伯坚的长子刘虎生；那像春燕一样活泼伶俐的女娃，是新四军政委项英的女儿项苏云；那蹦蹦跳跳的小不点儿是苏云的弟弟；那个被苏云姐弟喊作兰哥哥、被虎生叫着兰弟弟，显得斯斯文文的男娃叫李鹏，他是参加南昌起义的第二十五师政治

1947年，蔡妈妈同她关爱的革命后代。右起：项苏云、蔡畅、罗镇涛（罗炳辉之女）、叶楚梅（叶剑英之女）

部主任李硕勋烈士的儿子、上海工人武装起义中壮烈牺牲的我党早期领导人赵世炎的外甥……

这些孩子年纪不大，可却都有一段不凡也可说是奇特的经历。

救虎命　增虎气

刘虎生的爸爸刘伯坚，四川人，同乡友赵世炎、聂荣臻、邓小平等先后赴法勤工俭学，曾任中共旅欧支部书记，后又到莫斯科东方大学和伏龙芝军事学院学习。1930 年回国，到苏区任中央军委秘书长。1935 年长征开始，他同陈毅、陈丕显等同志被留在苏区坚持艰苦的游击战。一次为掩护突围部队，身负重伤被俘。在狱中，他拒绝一切劝降，经历严刑拷打之后，仍镇定赋诗、著文，写下一封封给爱妻和兄嫂的遗嘱："最重要的，诸儿要继续我的志向。"而他"一死以殉主义"，希望死后能葬在突围部队到达的梅岭，因为"在梅关站得高、望得远，使我死后也能看得到革命的烈火到处燃烧"。他在移狱赴刑时，昂首畅诵绝命诗：

> 带镣长街行，蹒跚复蹒跚，
> 市人争瞩目，我心无愧怍。
> 带镣长街行，镣声何铿锵，
> 市人皆惊讶，我心自安详。
> 带镣长街行，志气愈轩昂，
> 拼作阶下囚，工农齐解放。

1935 年，刘伯坚就义的同一天，其夫人王叔振也牺牲了。他们的三个儿子成了孤儿。西安事变后，周恩来同志到达西安，精心访问、周密安排，将该上小学的虎生辗转送到了延安。蔡妈妈最先来看望他，因为他爸爸刘伯坚是她的入党介绍人。她看到这孩子长得虎头虎脑的，名字又叫虎生，一把将他搂在怀里，亲切地说："这伢子，真像你爸爸，一身虎气，真是个虎伢子哩！"

这虎伢子到延安不久就病倒了，蔡妈妈送他到中央医院。吃药打针，仍高烧不退，蔡妈妈就用湿毛巾敷到他头上，坐在病床边不停地为他摸脉。护士几次过来催蔡妈妈回家休息，她说："孩子不退烧，我回去也睡不着。"夜深了，在幽暗的灯光下，蔡妈妈定定注视着躺在她面前的这个可爱又可怜的烈士遗孤，那棱角分明、白皙的脸庞，多像他的父亲刘伯坚……

当年，以蔡家老少为主的湖南赴法勤工俭学大军登岸法兰西不足一年，便迎来了以刘伯坚、赵世炎等为首的另一批浩浩荡荡的四川大军，他们一见如故，不久，又加入了从德国转道而来的周恩来等。他们很快拧成一股绳，酝酿成立了旅欧中国少年共产党（后改为旅欧中国社会主义青年团），创办了《赤光》，邓小平刻蜡版，李富春搞发行，蔡和森、刘伯坚、赵世炎、周恩来等笔杆子常常在幽暗的灯光下埋头写稿，切磋、探讨。他们文笔犀利，见解精辟，蔡畅很敬佩他们。她打工下班后也常常跑到巴黎市意大利广场一咖啡馆楼上的小屋帮忙，并随时讨教。就在这里，在这些哥哥们的关爱下，她同李富春相爱并结为伴侣。也就在这里，在一个夜晚幽暗的灯光下，刘伯坚、赵世炎同她促膝相谈，要介绍她加入旅欧社会主义青年团。她觉得自己不满 20 岁，同这些哥哥们相比还有很大差距。

刘伯坚学着平时蔡和森喊她乳名一样呼了声"毛妹子"，并鼓励她说："你虽年纪轻轻，可新民学会给你的一致评价是'颇强固'呢。在湖南家乡，你就组织了'周南女校留法勤工俭学会'，不仅带出了 6 名女同学，还把 50 岁的老母亲和嫂嫂向警予也带出来共同奔赴法国，被上海《时代》报刊评为'中华女界的创举'呢。"

1922 年夏夜，在法兰西一间小屋的灯光下、红旗前，她紧随两位入团介绍人举手宣誓……

可是，这带她举手宣誓的人，如同她崇敬、爱戴的哥嫂一样，竟用他们满腔的热血染红了永不褪色的红旗。今天，面对他们曾寄予期望"继承遗志"的下一代，能不守望他们快快健康成长吗？

蔡妈妈在病床前守望着虎生至黎明，可他仍不退烧，急得她没吃早饭，便请来了傅连暲院长和马海德医生。因为那时没有适当的医疗设备检测，二位医学专家凭经验诊断，虎生可能是得了血液方面的疾病，需要输血。蔡妈妈立马伸出自己右手臂，请医生快快抽血。医生微笑着摇头不动。蔡妈妈说："他的父母为革命献出了全部热血，我为他们的孩子献一点点血还不可以吗？"大家一致摇头。护士急忙跑出去请来了蔡妈妈的警卫员，随后，警卫班战士列队赶到。虎生输进了战士们的鲜血后，慢慢退烧了，恢复了健康。他出院后，很注意锻炼身体，学着他爸爸当年的样子也自练拳术和武功。有时他还到学校厨房借两个水桶，到延河装满水，模仿爸爸当年的样子，两手各提一桶水，嘴巴还叼着一桶水，快速跑百步，他也要锻炼自己的意志。

学校老厨师曾笑着说："虎伢子，蔡妈妈救了你虎命，你真增了虎气哩！"

最最幸福的 12 天

项苏云姐弟来延安时还不是烈士遗孤，但是他们比遗孤还孤。苏云 1931 年在上海出生时，爸爸项英早于半年前受周恩来派遣，由上海赶到苏区，担任了中华苏维埃共和国临时中央政府副主席。苏云不满 2 岁，妈妈也要从上海到苏区，便将她送到陶行知在上海英租界办的孤儿院。不久，陶行知的孤儿院被关闭，他又将苏云转送至苏北淮安新安小学。陶行知为还没有名字的她取名"苏云"，意为"在江苏天空飘来飘去的云"。1938 年，江苏沦陷前，苏云被人领着东藏西躲、颠沛流离来到西安八路军办事处。到西安后，7 岁的苏云才知道她姓项，爸爸叫项英，是新四军将领。到达延安后，

她又知道自己还有个比自己小 4 岁的从未谋面的弟弟，是 1935 年妈妈随瞿秋白撤退途中被俘后在狱中生下的苦娃。他 1 岁多被送到延安，现在保育院。蔡妈妈对这一对都不知父母姓名和相貌的姐弟格外关照。苏云刚来时住的保育院小学在距延安 30 多里地的安塞，每周才能回来一次。蔡妈妈便让苏云到延安的抗小上学，她在自己窑洞安了张床，让苏云住。这样苏云既可同蔡妈妈朝夕相见，也可帮助蔡妈妈照顾小弟弟。这小弟弟是保育院里出名的淘气大王，还尿床，蔡妈妈经常给他洗晾被褥，喊他"海军大将"（新中国成立后，他真的当了海军），保育院阿姨称他"天不怕，地不怕，就怕李伯伯和蔡妈妈"。机灵的苏云又管弟弟又当乖女儿，成为蔡妈妈的小管家。

1938 年，蔡妈妈去苏联治病，苏云便住在学校了。

1939 年 9 月末的一天，陈云伯伯差人把苏云从学校领出来，说："小江北佬，苏区的云，快去看看谁来了。"因为苏云说一口同陈云相似的苏北话，所以陈云常亲昵地喊她"小老乡""小江北佬"或是"苏北飘来的白云"。苏云瞪大眼睛疑惑地跟着跑到大礼堂，见台下有一位威武的光头军人坐在朱德司令身边。陈云指指说："看看，那是你爸爸！"那位光头军人正同朱德司令亲热交谈，陈云上前一把拉住他，喊："老项，看你女儿！"

项英也瞪大眼睛，双手抱起苏云，左看右看，望着这个皮肤白皙、漂亮的江南小姑娘，抱起她坐在自己的大腿上，问这问那，苏云心里不知该喊、该笑还是该哭。她只傻傻地盯着爸爸……爸爸领她到保育院接来了小弟弟，留他们俩住在招待所。苏云连连摇头说："蔡妈妈去苏联还没有回来，我住在学校，夜里我不回去，同学们睡不着觉的。"陈云为他们安排好一切。

项英和项苏云姐弟

苏云姐弟同爸爸项英在延安招待所同住同吃，爸爸为他们俩洗衣、洗脚、穿衣、提鞋，快快乐乐地度过了12个终生难忘的日日夜夜。马海德医生特别为他们在中共中央组织部门前拍了一张老少三人都开怀大笑的幸福合影。

项英是来延安参加党的六届六中全会，向党中央汇报新四军工作的，12天后便离开了延安。走后，他托人给苏云姐弟捎来了一封长信，还有一盒饼干和一副手套。他在信中说："爸爸同你们相处了12天，好高兴，好幸福。希望你们好好读书，好好学本领，准备打败日本帝国主义，解放全中国……"

隔年初，蔡妈妈从苏联回来，苏云向蔡妈妈一五一十地汇报了见到爸爸的大喜事。苏云在小学是唱歌、讲演能手，被称为"小演说家"。她对爸爸的嘱告、教诲像背讲演词那样熟记，有板有眼地给蔡妈妈演讲一番。蔡妈妈听罢，呵呵笑着搂起他们姐弟说："你们终于见到了爸爸，太幸福了！我的小管家也长大啰！"

乖巧的苏云问蔡妈妈："爸爸让我们好好学本领，我们学什么本领好呢？弟弟说，学瞄准、打枪，长大狠打日本鬼子！"

蔡妈妈笑着说："我的海军大将还没有枪高，能学打枪吗？"她思忖片刻，顺手拿起一件未织完的毛线活，对苏云说："我在苏联养病时，学了织毛衣的几样新花样，妈妈教你织毛线活吧。你爸爸送你们俩一副手套，你学会了，给弟弟也织副手套多好哇！"

蔡妈妈从小在慈母葛健豪身边，飞针走线都学过。葛健豪是大家闺秀，知书明理，又善针线活，她的拿手湘绣在法国还换来不少法郎，支援了《赤光》的开销呢。

苏云一双灵巧小手，很快把织毛线活的本领学会了。一次，苏云要为自己和小弟拆洗被子，蔡妈妈带她来到延河，那两床大被罩在河水里漂漂摆摆，她一双小手怎么也揉搓不动，蔡妈妈帮她，她还不让。她说自己长大了。无奈，蔡妈妈让警卫员帮她搓洗，她让苏云给警卫员织副毛线手套。蔡妈妈说："这就是我们边区常讲的

项苏云（左）向赵郁秀赠送《项英传》

换工互助。这样劳动互助，好不好？"

"好，蛮好的哩！"苏云紧拍双手。

苏云很快织好手套送给了警卫员，小战士向她敬礼致谢！她高兴地给爸爸写了封信，告诉爸爸自己已学会了一种本领。可信寄往哪里呢？

蔡妈妈想了想，告诉她："你爸爸现在在皖南，和叶挺将军一起，正率领千军万马狠狠打日本鬼子呢。"

"爸爸什么时候还能回延安见我们呢？"

此时任谁也未料到，皖南事变后，项英再也没能回来，他再也不能同亲爱的乖乖儿女相见、相拥了。

在那美好、欢乐的12天里，马海德医生拍下的照片，当时项英还没给苏云姐弟，说他们年纪小，自己先为保存。可是以后他们再到哪里去寻找这张珍贵照片呢？40年后，没想到邓颖超妈妈竟从马海德那里真的为他们找到了。那珍贵的镜头已成为永不磨灭的历史印记，一位抗日将军和他一双天真无邪的儿女，一生中只有短短12天的亲情相聚，刻骨铭心，情真意浓、大爱无限，最最幸福的12天哪！

芝兰玉树、小麻雀

李鹏来延安最晚，是皖南事变后，经周恩来同志亲自安排，随同欧阳山、草明等文化人一车，由重庆撤来延安的。

李鹏的父母都是四川人。父亲李硕勋，五卅运动之后任全国学联主席。姨母赵世兰是北京女师大学生领袖，也是跟烈士刘和珍要好的同学，她当时从北京到上海汇报三一八惨案情况，李硕勋热情接待了她，并介绍她入了党。同年 8 月，李硕勋同赵世兰的小妹赵君陶结婚。南昌起义后，李硕勋受朱德同志的委派，到上海党中央汇报工作，而后，便留在了血雨腥风的上海工作。1931 年，担任中共两广省委军委书记的他参加琼州游击队的会议，结果在海口被捕，不出十日便慷慨就义了。赴刑场前，他挥笔留下了被郭沫若同志称为"教育后代的不朽教材"的绝命书。李鹏小时候，曾多次在昏暗的油灯下含泪默读这绝命书，深深记着爸爸宁死不屈的英雄事迹。以后，李鹏随母亲由九龙到上海。正在上海做秘密工作的蔡大姐曾悄悄去看望过他们。那时赵君陶一手抱着梦生的女儿，一手领着不甚懂事的李鹏，见了大姐便一头扑到她怀里痛哭不止。蔡大姐对她体贴劝慰，同她畅谈起在大革命高潮时，她们同在革命中心武汉日夜奔忙，开展妇女解放运动那如火如荼的日月。赵君陶精神振作起来，喊着李鹏的乳名兰兰，让他给蔡妈妈唱一首歌，兰兰唱了《麻雀与小孩》。赵君陶告诉蔡大姐，每当她和姐姐赵世兰出外工作，夜晚迟迟不归时，兰兰便一边扒门往外看，一边对不懂事的小妹妹唱"小麻雀呀！你的妈妈为什么不回来？"当时担任江苏省委秘书长的赵世兰最喜欢这个外甥，是她建议乳名叫兰兰的。借古诗"宁为兰摧玉折，不作萧敷艾荣"之意。当时蔡大姐高兴得抱起兰兰说："好嘛，党的孩子，芝兰玉树！可爱的小麻雀。"

　　1932 年，根据组织安排，李鹏和妹妹随母亲回到四川老家做地下工作。在党组织遭受严重破坏的情况下，赵君陶以教书为掩护，独自为战，辗转于乡间学堂。李鹏兄妹也随之颠沛流离。全国抗战爆发，周恩来和邓颖超来到重庆，找到他们。李鹏头一次见周恩来时，看他个子老高，眼睛黑亮，有些发怵。而周恩来却亲热地抱住他，仔细端详，摸着他的脑壳笑着说："哈哈，和爸爸长得一模一样，好大个脑壳，一定聪明。来，握握手，给我们当儿子吧！"他紧张的情绪立刻消散了。

后来，周恩来和邓颖超安排李鹏进了育才小学，并常常过问他的学习情况。皖南事变后，为了孩子的安全，特送他到了延安。

临行那天，已在嘉陵江边第三保育院任院长，为哺育战时难童日夜操劳的妈妈赵君陶和曾靠他照料过的妹妹，紧牵着他的手，送了一程又一程。妈妈还在他贴身衣服上缝了一封交给蔡畅大姐的书信，千叮万嘱要他到延安后听蔡妈妈的话，做蔡妈妈的好孩子。一路上，每通过国民党封锁线，李鹏都情不自禁地用手摸摸装信的地方，焦急地想着：什么时候能到延安？李伯伯、蔡妈妈是什么样子呢？……想不到，他刚到达延安，蔡妈妈便派人来接他了，还喊出了他的乳名："兰兰、兰兰，长高了，更像你爸爸喽！"

李鹏恭恭敬敬地给蔡妈妈行个九十度大礼，随之把妈妈的信交给蔡妈妈。蔡妈妈看完信，拍着李鹏的肩膀亲切地说："这些年，你们可吃了苦头了。这回就住在我和李伯伯的窑洞吧。我们是一家人，小麻雀该当小八路喽！"

一杯热牛奶

李鹏住进蔡妈妈在杨家岭的窑洞，不久，也病了。蔡妈妈特请傅连暲院长为他诊察病情，她和警卫员轮流照顾，悉心护理。她把自己每天在小灶食堂的饭菜打回来，和李鹏同吃，把她分得的半磅牛奶煮热给李鹏喝。李鹏的病很快好了。每到星期六下午，虎生、苏云兄妹们早早放学回来，同这位新来延安的兄弟玩耍、聊天，窑洞里充满了欢乐。懂事的虎生同兰弟弟胜如亲兄弟，因为兰弟弟的舅舅赵世炎和他爸爸刘伯坚不仅是同乡好友，还是留法勤工俭学时少共组织的发起人和领导者。开朗的苏云则以"老延安""小管家"的姿态主动、热情地向兰哥哥介绍延安的风情，哪儿是边区政府，哪儿是新华社，安塞腰鼓怎么打，信天游怎么唱……窑洞里歌声笑声不断，充满了欢乐的气氛。

又一个星期天的下午，苏云从保育院接出小弟，回到蔡妈妈的窑洞，见蔡妈妈端过来一杯牛奶递给了坐在床边的虎生和兰哥哥，他们俩每人喝了一大口，苏云的小弟跑进来，蔡妈妈便递给了苏云的小弟。苏云马上把小弟手里的奶杯抢下，瞪大了两眼。她知道，蔡妈妈在长征路上患过肺病，这半磅牛奶是她唯一的营养品，在条件极为艰苦的延安，中央领导每人每日只能得半磅牛奶，多么不容易呀！警卫员叔叔曾悄悄警告过他们："小鬼，不要老吃首长的伙食，揩首长的油哩！"

心直口快的苏云指着奶杯对小弟、也是对李鹏说："这是组织上给蔡妈妈特批的保健品，兰哥哥，你刚来延安不晓得，蔡妈妈是到苏联治的病，得好好保养呢。"说完她看看虎生哥，又说："我爸爸说过，我们革命后代就是要继承他们的事业……"苏云又讲起了她牢记着的爸爸讲的革命大道理。

苏云年纪虽小，但来延安最早，是"老延安"了，而且她在延安还亲耳听过爸爸的谆谆教导，不像这两个哥哥，只记得爸爸的遗嘱，未听过爸爸的声音。

"老延安""小管家"苏云将她牢记的爸爸的话语向"新延安"兰哥哥演讲了一番后（她尚不知，此时她的爸爸已于皖南事变之后成了烈士），还将警卫员说过的"不要揩首长的油"的警告也向兰哥哥和虎生哥重复了两遍。

虎生哥一向大大咧咧，而李鹏初到延安，哪知这些，他后悔又恼火，悔恨自己不如苏云妹妹，再也不喝蔡妈妈那半杯牛奶了。蔡妈妈说："你们哥俩都生过病，给你们点儿营养补补嘛！"可他们俩谁也不接奶杯。蔡妈妈怎样劝说、命令都无效，只好手捧奶杯坐到床前，学着当年兰兰的音调，风趣地唱道："小麻雀呀，小麻雀呀，你的妈妈盼你快快健康长大……"逗引得孩子们笑声不止。她望着一张张天真的笑脸，给他们讲了一个喝牛奶的故事。

蔡大姐全家在法国勤工俭学的时候，因工作需要，她由里昂迁到巴黎，独居在一座小阁楼上。一天，房东太太见门房处蔡畅的牛奶瓶积了两三瓶，急忙上楼去看，发现蔡畅昏昏沉沉地躺在床上。蔡畅把周恩来一个公开联系的地址告诉了她，说那是哥哥家，请她给打个电话。没过多久，周恩来匆忙赶来，背她去了医院。看罢病又背回来，并把积压的牛奶全给煮开了。蔡畅看周恩来累得满头大汗，让他把牛奶喝掉。他不肯，说要留给她一日三餐开饭用。他们到法国勤工俭学，生活很苦，常常吃的是白水面包。蔡畅在灯泡厂、丝织厂打工累出了胃病，才开始订牛奶。蔡畅望望周恩来，笑着用法语念了一句古老的苏格兰民歌《友谊地久天长》，而后说："请哥哥继续帮助我，把牛奶处理掉吧……"

蔡妈妈手捧奶杯深情地说："周伯伯是你们的爸爸和舅舅最志同道合的战友，也是我和李伯伯最崇敬的人。他头脑聪明，才智过人。我生病，周伯伯背我看医生。你们生病，妈妈给你们喝碗牛奶还不应该吗？如果周伯伯在这儿也一定会说，孩子，喝下去吧，我们的心愿就是盼你们快快长大……"

李鹏、虎生接过奶杯，各喝了两口又递给了苏云的弟弟……

就是这样，蔡妈妈无时无刻不在向孩子们传递着母爱。正如她的嫂嫂向警予当年写的诗句：细雨苏柳柳青青。那时，她正在纠正王明领导妇女工作中推行形式主义、脱离实际的错误路线，全面主持中央妇联工作，十分繁忙。但是，她有一点儿闲暇便细心周到地关照孩子们，为他们整理行装，给他们补习文化，送他们去抗小和延中上学。每到周六下午，蔡妈妈都派警卫员分别把他们接回来，从小灶食堂打来她同富春同志的份饭，让孩子们吃白米饭、白馍馍，他们自己则抢吃大食堂的小米饭、山药蛋。他们吃喝谈笑，团团围坐，同享天伦之乐。

大青马回家了

　　1943年夏季的一个周六傍晚，蔡大姐和富春同志照例于饭后带孩子们来杨家岭和枣园散步。杨家岭是李富春工作办公的地方，枣园是中央首长工作、居住的地方。后山有好多果树，"阳畔核桃背畔枣，秋收甜梨夏吃桃"。他们来这里观果捉虫、听蝈蝈叫、斗蛐蛐玩，兴致勃勃。不过，最吸引孩子们的是枣园的树丛中拴着的中央首长的马匹，有毛主席的大白马，少奇同志的枣红马，也有富春同志的大青马。这大青马，颈细腰长，胸廓臀圆，乌青的皮毛好似锦缎，光滑油亮。孩子们走近，它便仰脖咴咴嘶鸣。警卫员说，这是欢迎小朋友呢！孩子们欢喜得更想凑前摸摸皮毛，拽拽尾巴。无论是苦练拳功，一心想长大后像爸爸那样能文能武，能领兵率将，为父报仇的虎生，还是幻想当海军大将又不知海军啥样的苏云的小弟，或是具有书生气的李鹏，都跃跃欲试，想驾驭这匹战马抖抖威风。别看李鹏同他的曾想当文学家的母亲一样，善学文，不好弄枪舞棒，但自打听母亲讲过父亲李硕勋参加南昌起义，随朱总司令骑马挎枪冲锋陷阵后，他便有了驰骋疆场的渴望。他在天府之国四川只见过水牛犁地，未闻过战马嘶鸣；只随妈妈读过李贺的《马诗》，未见过高头大马是怎样的"头如博兔，眼若铜铃"。如今在革命圣地延安见到了高头大马是这样神气、威风，自己何时能成为驾驭它

蔡畅、李富春在延安

的骑手，鏖战沙场呢?

而刘虎生，祖籍虽然也是天府之国，但他出生于西安。爸爸刘伯坚在苏联负责旅莫支部工作时，接待了到苏联学军事的西北军将领冯玉祥，之后，共产国际和中共党组织派他随冯将军回国，做争取西北军的工作。他家一直住西安。小虎生见过西北军的战马，也想象过唐朝长安城外"车辚辚，马萧萧"的战景，到了革命圣地，他也想当个响当当的威武骑士。

蔡大姐从孩子们闪光的眼神中体察到了他们的内心。可能是由于她的工作性质及出身于小学教师的缘故吧，她最懂得儿童心理，最善于开发儿童智力，最注意发掘儿童可贵的好奇心、想象力和勇敢精神。她让警卫员给娃娃们讲马的特征和骑马常识，又征得富春同志的同意，让每个孩子都骑上高头大马绕着果园跑上几圈，抖抖威风……

望着骑在马背上昂首挺胸、美滋滋的孩子们，蔡妈妈不由得想到长征路上她收下的一个十三四岁的小战士殷桃和陪他们走过雪山草地的大青骡。殷桃名为她的勤务兵，实际上蔡妈妈看他年小体弱，将他当儿子一样照顾，她常常让殷桃骑着大青骡行军赶路。过草地时，蔡大姐胃病犯了，又赶上天下大雨，马夫肖振贤把她扶到大青骡上，艰难跋涉，走出草地后找块山坡，铺上一块油布，让她披着雨衣躺卧休息。她却让警卫员和马夫把油布四角拴在树枝上搭个遮雨棚，把雨衣铺在地上，她和马夫、警卫员背靠背，紧抱着殷桃互相取暖，坐地睡了一夜。

过雪山时，她把自己的红毛衣给身单衣薄的殷桃穿上，让殷桃骑上她的大青骡，她则拄着木棍，拽着骡尾巴一步一喘爬过雪山。后来殷桃牺牲了，蔡妈妈及很多女红军战士都忘不了在白皑皑的雪山上那匍匐前进的大青骡背上晃动的如红旗一样鲜艳、耀眼的红衣小战士……

到达陕北，蔡大姐将大青骡交给了饲养班，但她三天两头就去看望，有人开玩笑说，蔡大姐看见骡子比看见老公还亲呢。蔡大姐说，过雪山草地它立了大功哩！

她和娃娃们一样，对骡马格外亲。今天，她疼爱的娃娃们骑在同她的大青骡相似的大青马背上，不停回眸看看蔡妈妈那总是现着甜甜微笑的文雅、慈爱的面孔，感到自己好似告别妈妈立即出征的战士，迎着血红的夕阳纵马前进，情不自禁唱起"向前，向前，向前！我们的队伍向太阳……"

这一天，"小八路"们跃马高歌，尽情地"向前、向前"之后，蔡妈妈发布一条纪律：以后不经李伯伯和蔡妈妈的许可，谁也不得擅自到果园牵马、骑马。

过了些日子，李鹏由学校独自回家，不知有意还是无意，他一个人信步走到枣园的果树林，看见了他所喜爱的大青马在静静地吃草。旁边没有警卫员，没有马夫，他走过去，马瞪起铜铃似的圆眼，咴咴地长嘶起来。啊！又表示欢迎呢！李鹏拍手乐了，从树干上解下马缰，嗖的一下蹿上马背，两腿一夹，大青马扬起四蹄飞奔起来，下山、过河，越跑越快，蹄下生风，腾空飞驰。他紧拉缰绳呼马停步，那马却直立身子，前腿向空中乱扑；他狠抽一下，命它老实，那马竟尥起蹶子，猛力向前，瘦小的李鹏一闪身从马背上摔下来。他不顾摔伤、疼痛，起身扬手，呼马站住，那马却流星似的飞奔得无影无踪了……

李鹏呆呆地看着一溜远去的马蹄印，不知那马奔向哪里，该用什么办法追撵、寻找。他急得抹起眼泪……

脸腮挂着泪珠，呆呆凝视远方的李鹏，怎么也望不见大青马的踪影，而思绪却天马行空，由他和妈妈所在的嘉陵江边想到枣园、杨家岭，想到在蔡妈妈、李伯伯充满暖意的窑洞里度过的日日夜夜。他诚惶诚恐的心里涌起了来自杨家岭窑洞的暖流，他火热的心房充满了虔诚的悔恨。他刚满14岁，未越孩童阶段，但是他早已不视自己为孩童，而是可以独立的战士。在远离母亲的日子里，他能独立地关照着多病的小妹，从未因困苦而流泪。但是今天，他却要投进母亲怀抱痛哭一场了。

正在延中读书的刘虎生不知从哪里听说兰弟弟偷骑李伯伯的大青马，马跑丢了，他急得未向老师和同学打招呼，撒腿就向杨家岭奔去。他要像爸爸刘伯坚舍身掩护突围部队战友那样，真诚地关爱战友，他要帮兰弟弟把大青马找回来，他独自在宝塔山下四处寻找……

李鹏在延河边忐忑不安，左思右想之后，擦干泪水，鼓起勇气走向杨家岭。他轻轻推开蔡妈妈的窑洞门，未等进门便被警卫员一把抓住。警卫员因未找到大青马受到严厉批评，正火冒三丈无处发泄，他拽上李鹏要去见富春同志，富春同志因为没有马骑而开会迟到了……

蔡大姐慢慢拉开警卫员的手，把吓得脸色发白的李鹏拽到自己身边，轻声对警卫员说："莫急，你先走吧，一会儿我带他去。"

蔡大姐当然最了解富春同志。在法国，他曾干过火车司机，惯

1948年年初，被蔡畅及革命前辈关怀的烈士、革命家的子弟21人由哈尔滨赴苏联留学后合影。前排左三起：项苏云、任岳（任弼时侄女）、罗镇涛、叶楚梅、罗西北（罗亦农烈士之子）；二排左一：李鹏；左四：叶正大（叶挺长子）；左五：高毅（高岗之子）；后排左一：刘虎生；左四：邹家华（邹韬奋之子）

以分秒计算时间，他也有着工人阶级淳朴、直率的性格，有话直说，性子较急。每当他急躁时，蔡大姐便在一旁满面春风地为他撒火、消气。他也很尊重蔡畅同志，虽年长于她，但无论在家在外，总是和大家一样亲切地称她为大姐。温柔、娴静、从不发怒的蔡畅，也确像大姐那样无微不至地体贴、关照着富春同志。

蔡妈妈拉着李鹏，先查看他身上摔伤的情况，用清水给他洗净、涂药、包扎，然后说："莫慌，这事我也有责任哩。那天我不该开口让你们骑马。你们是伢子，是小麻雀，但是到了延安就是抗日小八路了。你们不是爱唱《八路军进行曲》嘛，'我们是一支不可战胜的力量'。为什么不可战胜？因为我们有铁的纪律。兰兰，我每次同你们讲话，都会想到你们的父辈，那些为革命流血牺牲的好同志们。你的父亲、舅舅都是最遵守纪律的模范哩……"

蔡妈妈正讲着，刘虎生风风火火地跑进来，蔡妈妈看他满头大汗，不问便知，他在学校没请假，是自行跑出来的。蔡妈妈嗔怪道："坐下，坐下，我正要给他，也给你一块讲讲遵守纪律的故事。"

蔡妈妈慢声细语地讲起来：虎生，你爸爸刘伯坚和兰兰的舅舅赵世炎都是我的入团介绍人。他们和周恩来、聂荣臻，还有我的哥嫂蔡和森、向警予等同志于1921年年初在法国就议论要建立个党了，开了会，有了章程。直到1921年7月，在上海正式成立了中国共产党。他们一致同意将在国外成立的少共组织改为中国共产主义青年团旅欧支部，要国内国外一盘棋，统一领导，统一行动。

在法国，我们管兰兰的舅舅赵世炎叫"杰聂拉耳"（法语"将军"的意思）。赵世炎确有将军才干和风度。他领导上海武装起义时，给工人纠察队讲话，未开讲就先画了一台大机器。

蔡大姐说着拿出一张白纸摊开，在纸上也画了台机器，说："赵世炎同志把这机器比作党，每个组织、每个人就是这机器上的一个零件、螺丝钉，它们都要随着大机器一起转动，不然机器就不灵了。兰兰，你这小小螺丝钉今天不就影响了大机器的转动了吗？虎生，你不请假就从学校跑出来，也是无视组织纪律。加强纪律性，革命无不胜嘛！"

李鹏、虎生望着蔡妈妈深陷在高高前额下的一双黑亮有神的眼睛和虽清瘦却总是呈现着红润的和蔼可亲的面孔，嗫嚅着："晓得，晓得！"

"对头哩！聪明伢子！"说完，蔡大姐给富春同志打了个电话。

当富春同志回到窑洞不久，警卫员便跑来报告：大青马自己回来了！

"它，还是想念我们这个家哟！愿和我们统一行动听指挥，对吧？"富春同志望望低头忏悔的李鹏，还有虎头虎脑的虎生，憨笑着说。他又问大姐："让小鬼骑马，把小管家和海军大将都接回来，把食堂的饭也打来，一块吃个压惊饭，好不？"

"蛮好，蛮好咧！遵守纪律，统一行动。"蔡妈妈笑起来！窑洞外传来大青马的咴咴嘶鸣。

好一会儿，又传来苏云姐弟的笑声和歌声……

康大姐曾给我关爱

我家钢琴台上摆放着一幅放大的照片，到我家来的小读者、小作者们常有人指着照片问："在你身旁的这位老人是你母亲吗？"

未等我回答又会有人接茬："像，特像，富态，慈祥。我们该叫她姥姥、老祖母吧！"

我笑着说："可以，可以，她是你们，也是全国少年儿童的老祖母！"我这样回答后，往往会主动向少年朋友们做如下介绍：

早在打日本鬼子的时候，在革命圣地延安成立了战时儿童保育会分会，那时这位老祖母正在山西前线打鬼子，延安的同志推选她为分会的理事。战时儿童保育会可以算是中国最早的儿童工作领导机构，总会于1938年春在武汉成立，理事长是宋庆龄，理事有200多位，均为国内外著名人士，如郭沫若、沈钧儒、冯玉祥、毛泽东、周恩来以及斯诺等。新中国成立后，这位老祖母任中国人民保卫儿童全国委员会秘书长、副主席，协助主席宋庆龄，在全国妇联的支持下，全心全意从事少年儿童工作。之后她又被选为全国政协副主席，仍兼任着全国儿童和少年工作协调委员会及宋庆龄基金会的领导职务，直到80余岁高龄辞世。可以说，她为祖国下一代的健康成长全力奉献了半个多世纪，鞠躬尽瘁。她的名字叫康克清。

"康克清？听妈妈说过，她是朱德总司令的夫人。"有小作者马上接话，"听说她能带兵打仗，是双枪老太婆、红军女司令，对吗？"

小作者这样的问话，使我想到自己就是在他们这个年龄的时候听说"康克清"这个名字的。那是解放战争最艰苦的阶段，我就读的一个艺术学校随军转移，在后有敌人追赶、又遇海上风暴的情况下，饥肠辘辘的我们听团首长、老革命讲红军长征的故事，讲到朱德总司令，讲到女红军康克清。后来我们随军进入刚解放的辽南城市，在敌人逃窜时丢下的报纸中看到这样的文字：双枪女共匪康克清。啊，敌人也认可女红军康克清是双枪手。这时，我想象着：康克清，头顶红星，脚蹬草鞋，腰插双枪，跃马横刀，定像花木兰、穆桂英

康克清和孩子们

那样威风凛凛，震破敌胆。那时报刊上没有她的照片，我琢磨不出她的真实容貌。

1953 年我进入文研所学习，转年春，我的一位毕业于中央戏剧学院的中学同学约我到京郊春游，同行的还有一位四川籍女华侨。我们来到近郊一片桃花初放、绿草茵茵的开阔地上，远远看到在林间草地深处有一对中年妇女在采挖着什么。那位川姐快步走过去，同其中一位已起身相迎的大姐热情握手。我当即认出那是郭沫若的夫人于立群，抗美援朝时她赴朝慰问，路过丹东时我们接待过她。她是著名书法家。另一位是谁？于立群说："沫若陪朱老总去桃园赏花了，我陪大姐挖点儿野菜。"她挥手介绍，这位是康克清大姐。啊！我仰慕已久的红军女司令，竟这么突然地出现在我面前。我傻呆呆地看着。她比于立群个儿高、年长，体魄健壮，着青蓝色制服，系一条洁白纱巾，齐耳短发，满面红光。她手里捏着几棵绿菜笑着问我们："你们吃过这种菜吗？晓得叫什么名吗？"

我们没敢回答。

她又说："这叫荠荠菜，用开水烫烫，拌盐或蘸酱吃，好爽口。我从小就是吃这些野菜长大的哩。现在条件好了，拌肉馅包饺子更是美味呢。"看我们只听不搭话，她又介绍，"这菜能祛毒、解热、养身子呢。你们吃过吗？"

我们一时不知道该怎样回答，望着她那像母亲一样慈祥的面孔，听着她用浓浓的江西口音与我们进行亲密无间的谈话，我怎么也无法将她同想象中的双枪女司令叠映起来，无法将她和我们共和国最高军事统帅的夫人叠映起来。这就是我亲眼见到的康克清。

我在文研所除了阅读文学、历史之类的书籍外，还抽暇收集浏览了妇女儿童类的报刊。那次春游巧遇，我一直感到惊奇和庆幸，从小小边城来到首都，一下就和党中央接近了，真不可思议。想起我刚到北京时转党员组织关系，未想到还要进新华门，那是我们新中国最高领导机关的大门呀。我还远远看了一眼中南海，那是明、清皇帝常住常游的地方，现今党中央、毛主席在那里办公。我怎么这么幸运，太幸运了！我的同屋同学刘真是儿童文学作家，她的处女作《好大娘》一炮打响（之后她出版了《长长的流水》等名作），高举少先队队旗的"红领巾"们常邀请她参加少年儿童活动。有一次，看我正翻阅介绍康克清的有关材料，她说："这个红军老大姐是娃娃兵，没上过学，现在抓少儿工作，还很重视儿童文学创作呢。"这使我更有兴趣翻阅这些资料了。我慢慢知晓了很多：

康克清出身于江西万安县贫困渔家，她降生在赣江上的一条破渔船里。因为交不起渔税，父亲被抓坐牢，家无口粮，娘无奶水，她出生40天后，母亲便忍痛含泪将她送给一户刚夭折了女婴、产妇还有奶水的人家。按当地风俗，这称为"盼郎媳"，就是借喂养她的善举，盼再生一个男娃，她则为童养媳。但是这个产妇从此再未生儿养女。她被养到六七岁，便成为进屋能烧饭、缝补，出门能放牛、打柴的主要劳力。干得不顺眼时，便是一顿打骂；干得乖巧讨人满意时，略通文化的养父便给她说戏文、讲故事，什么花木兰从军、穆桂英挂帅、武松打虎等，使这个闷声不响只知出苦力的女娃心生智慧，身增骨气。10多岁时，她曾会聚同病相怜的童养媳、盼郎媳们偷偷谋划怎样跑到远处庙上出家当尼姑。她成为这些苦命女娃的领头羊，村里老表送给她一个美名"小媳妇王"。

正在她们唉声叹气寻不到出路时，"春雷一声震天响"，大革命开始了。

1924年夏，有一位在北京大学读书的大学生回乡，说是度暑假，但他从早到晚跑到各村讲演、宣传，说广州的革命军北伐了，苏联十月革命成功了，帝国主义和封建主义的统治该推翻了，穷苦人们要翻身了。同时他还组织学生们演文明戏，揭露封建婚姻给妇女们带来的血泪痛苦。不满14岁的康克清借着上山打柴、挖猪草的机会，常去听演讲，看文明戏，瞒着家里人自己做主报名参加了青年赤卫队，第一个站出来剪了辫子，戴上斗笠，扛上梭镖。养母见到她如此打扮，号啕大哭，把她锁在家里，找个婆家，要了彩礼。她警告养母："你们逼我嫁人，能看我上轿，怕看不见我下轿了。"她已经听说了一个湘妹子为反抗封建婚姻血溅花轿的事。她对养母说理不成，便偷偷撬开天窗从家里逃走，跑到游击队，成了一名女娃娃兵。后来，陈毅带着红军大部队打到万安县，万安的闹红运动如火如荼。她跑到县里要求当红军，招兵人嫌她年纪小，不收。她举起梭镖说："我年纪小个头高，以后还能往高长，让我当上红军，烧火、做饭、打草鞋、做军衣，什么活儿都能干得顶呱呱。"经过陈毅点头，她这个女娃娃带着六七个比她大些的童养媳、盼郎媳，跟随陈毅部队行军、打仗，上了井冈山。后来，她成为红军总司令部直辖女子义勇队队长。

1933 年的一天，周恩来副主席安排队长康克清到赣江边去检查军事工事，她带着两三个人骑马赶到。刚行动不久，赣江对面的"白军"就偷偷摸过来，黑压压的一片，有 200 多人，而守江的红军才几十人。康克清想到朱德同志常讲的 "兵贵神速"，她当机立断，将当地的赤卫队、游击队、少先队组织起来，火速行动，兵分三路围剿来犯之敌。经大半天激烈战斗，"白军"败北，他们俘虏敌军 20 多人，还缴获大量枪支弹药及粮油等军需物品。这意外的胜利震动了红军各部，也震动了赣江两岸，江西老表送她一光荣称号——"红军女司令"。

当我了解这些历史事件之后，便幻想着还有什么机会能再见到这位既能临阵挂帅又能提篮剜菜的红军大姐。我想，到那时我再不会不敢张口，而是要倾心请教了，因为她是那样传奇，又那样普通。

这年的春夏之交，我就读的文研所组织学员去南方旅行参观。我参加的小分队去的是武汉和江西。我们游览了九江和庐山，却没能去瑞金和井冈山，但也听说了一些红军反"围剿"的故事，特别是朱总司令的原夫人伍若兰壮烈牺牲的英勇事迹。

伍若兰是读过师范的知识分子，湖南人，能文能武，能双手打枪，又写得一手好字。康克清入伍后，常提着墨水小桶跟她上街刷标语，看她大笔一挥写得又快又好，十分羡慕，便暗下决心向这位红军姐

康克清在延安

姐好好学习。不久，在一次战斗转移中同敌人遭遇，伍若兰双枪轮换射击，敌人连连倒下，她也受了伤，趴在地上仍双手开枪，最后被敌人俘虏。经历严刑拷打，她横眉冷对、大义凛然，凶狠的敌人向她开枪后又将她不屈的头颅割下，装在竹筐里悬挂示众，后又抛进赣江，让其随波漂流恐吓两岸人民。江西老表目不忍睹，冒险踏浪将这不屈的头颅取回，葬于苏维埃红色土地深处。

伍若兰坚贞不屈、英勇就义的事迹在苏区和红军中广为流传，红军女战士纷纷宣誓要为她报仇雪恨。

从江西归来，我同由上海、江苏归来的刘真讲过这个催人泪下的故事。刘真出身于全家老少齐抗日的革命家庭，也是一个娃娃兵，她的《好大娘》就是写一位抗日英雄母亲的故事。她说："我们就是应该好好写写这些可敬可泣的女英雄。我也曾想，如有条件能在这些于枪林弹雨中打拼出来的女英雄身边工作、生活一段时间，得以熏陶，定是很有意义的。"

几年过去了，经过"文革"风暴，我从辽宁省作协机关被下放到农村劳动，插队落户。也许因为有过这点点的经历和情结，在基层劳动多年后被上调时，我拒绝去已分配的宣传和文化部门，主动要求到妇联工作。我能听到来自北京的全国妇联领导的声音，但从没想过能同仰慕已久的康克清等大姐们谋面，并得到她们的直接教导。粉碎"四人帮"后，辽宁省为坚持真理而遭残害的张志新烈士平反，我拾起搁置多年的秃笔，含泪写了一篇《党的好女儿张志新》，不顾当时的一些限制规定，将张志新被割喉管以制止她为真理而呼喊的事情如实写出。辽宁不予发表，省妇联主席王哲支持我去北京找"娘家"。我来到全国妇联，《中国妇女》杂志副主编杨蕴热情接待了我。她阅过文稿后，眼圈红了，听我如实讲述文章未能发表的情况后，表示要请示研究。我不安地在全国妇联等待着。

在我等待的两日里，听说了"文革"中全国妇联的一些旧事，已被免去副主席职务的康克清曾被"喷气式"批斗过。"文革"后期，她提议《中国妇女》应复刊。此时，正值周总理逝世，她们在复刊后的《中国妇女》杂志上加了周总理遗像的彩页。造反派头头指责她们"违反规定"，令将彩页拆下。负责编刊的侯荻大姐以理抗争，并谎称刊物已下发，无法一一拆页，同时她偷偷报告康大姐连夜下发。造反派头头又称，已请示了副总理吴桂贤，将已下发的刊物收回，拆页后再发。无奈，只好通知收回。未料，收回的大量《中国妇女》杂志均已没有那张彩页了。

我在中国妇女杂志社等候消息改稿时，就睡在这位敢于坚持正义的侯荻大姐的床上。她豪爽热情，说自己家远、房小、孩子多，睡办公室工作更方便。又让我安心住在这儿，说她下班回家也照料照料孩子们。两天后，我正在侯荻大姐床上熟睡，忽听敲门声，杨蕴急匆匆跑来报告：凌晨 1 时康大姐打来电话，要求张志新一稿全文发表，换下当期头题，快速排印。我长吁一口气，心中默念：康大姐，有胆有识，文武双全，我替含冤九泉的朋友张志新感谢您！

《中国妇女》尚未出刊，中国青年报社的一位领导率青年编辑陈小川前来拜访我，说是在印刷厂看到此稿清样，他们想要立即转载，并要陈小川随我回沈阳，再组织一个专栏。此时我已知中国妇女杂志社欲让我乘飞机回沈。陈小川说飞机票不能报销。我告诉杨蕴："我不坐飞机了，不能让你们破费。"杨蕴说："这是主编和康大姐的关爱，因为您是妇联干部。"

我有生第一次乘上飞机，心里由衷感谢热心关爱妇女同志的康克清大姐！

几年后，我由铁岭妇联被调回省城，接办《文学少年》杂志，无分文经费，一切需白手起家。一筹莫展时，我又想到了"找娘家"。康大姐炽热的手臂又向我伸过来了，当我手捧寄自北京的康大姐真情的鼓励信函时，手发热、心在颤。我反复读着信中的谆谆告诫："儿童文学是社会主义文学事业的重要组成部分，更是儿童事业的重要组成部分。有志办好这项事业，需战胜各种困难，兢兢业业为孩子们服务。"此信近千字，于1986年3月在《光明日报》刊发，不仅给了我们巨大鼓舞，更鼓舞着全国儿童少年工作者，滋润着亿万少年读者的心田。

我的散文、报告文学集《为了明天》将由中国妇女出版社出版，编辑同志建议我请康大姐写个序言。我犹豫不定，不敢再次打搅康大姐。当时，解放军总政治部同全国妇联共同举办庆祝建军60周年"女兵征文"，八一前夕于政协礼堂颁奖，我的一篇征文获奖。当我随着女兵军乐队演奏的欢快乐曲走进会场，一眼便看到敬爱的康克清大姐正坐在英姿飒爽的军乐队的一侧，精神矍铄。庄严的会场中，我只能静静地远望着她。又是幸运和缘分，待我上台领奖时，听康大姐喊出"赵郁秀"三个字，我忙站到她的面前，双手接过她递过的大红证书。只听大姐说声"祝贺"之后，问道："东北来的吗？"我怔了，忽然想到当年发表《党的好女儿张志新》时，杨蕴同志一定让我在名字前注上我所在的妇联单位，说这是康大姐的嘱告。我立马回答："我在东北的辽宁做过妇女工作。"她连说："好得很！好好为妇女儿童服务。"忽然又问："张志新烈士的孩子们都好吗？"我惊愕了：老人家的记忆力如此惊人！她时时和孩子们心心相印、血脉相通，全身心地挂牵着下一代的成长，特别是苦难儿童的成长。

我简单地做了汇报并深深感谢，又紧握住老人家的双手。这一天，中央电视台的晚间新闻节目播放了这一镜头。事后不少熟人都向我打趣说："祝贺康大姐给您颁奖，干吗握住大姐的手紧紧不放，恋恋不舍呀，不考虑老人家手疼啊！"真是恋恋不舍，有多少心里话要对她讲，紧握双手不愿放。也就在这久握不放、恋恋不舍之后，我有了勇气，请康大姐为我将出版的《为了明天》一书写个序言。康大姐的秘书叶梅娟同志诚挚地告诉我："康大姐极少为人写序，她发文章很慎重，必须深思熟虑，字斟句酌。你可选几篇文稿来，我给她读读，看她兴趣如何。"我又进入不安的等待时刻。几个月后，一封沉甸甸的黄封筒挂号信出现在我的办公桌上，信封落款：中华全国妇女联合会。"康克清寄"四个字是那样庄重醒目！我急忙打开，正是康大姐为我新书写的序言，并有亲笔签名。我反复诵读，品味老人家的真情话语并牢牢记住她的忠告："在此改革开放日益深入之际，我祝愿赵郁秀同志更加深入生活、贴近妇女儿童，为妇女儿童多姿多彩的生活写出更有力度、更绚丽的续篇。"

一年一度清明过，一年一度桃花开。这是我于京郊同康克清大姐巧遇的明媚季节，也是康克清向她一生挚爱的少年儿童及全国人民告别的时日（1992年4月22日辞世）。花开花落，半个多世纪过去了。今天，当我有时咀嚼荠荠菜时，当我每月看到已由小本变大本、一期变两期的《文学少年》新刊出版时，当我眼见辽宁"小虎队"青年作家群一次次捧回红彤彤的获奖证书时，我常常欣喜地重温着康大姐一次次的教诲，回头检视着我们的脚印。今天，辽宁儿童文学得以繁荣，被全国同仁瞩目，能同广大小读者小作者紧紧手牵手，不断攀新高，因为我们心中深深铭刻着老人家的叮嘱："兢兢业业为孩子们服务。"

重走长征路

——记老红军黄达同志

　　在隆重纪念中国人民抗日战争暨世界反法西斯战争胜利 70 周年活动后不久，中国作协与江西省启动了建党 95 周年、红军长征胜利 80 周年系列文学活动。中国作协主席铁凝在活动的启动仪式上亲自向 2016 年重走长征路的作家代表授旗并热情讲话：长征走出的不仅是一支从胜利走向胜利的顽强的革命队伍，更是一种自强不息、百折不挠、英勇无畏的民族精神和魂魄，这种精神和魂魄是激励中华民族生生不息、伟大复兴的力量源泉。

　　在江西，有几位于解放战争时期由东北南下的我的老战友，他们及时将中国作协这一活动信息告诉我，并欢迎我去江西同他们相聚，即使不能以行动重走长征路，也该以思想、精神，以自己的笔参与这一有意义的活动。汩汩历史，闪现飞驰，似"思接千载，视通万里"。好吧！同老朋新友一起重走一次长征路吧。

我家对面不息的灯光

"文革"前两年，我家搬进辽宁省委机关干部宿舍楼。隔道对面有一座日式小洋房，独门独院。我于楼窗下望，总能看到那里有灯光闪烁，不知此院住有何人。有一天，我从院门口路过，院门敞着，院内有两棵青松，苍翠挺拔，生机盎然。没有卫兵站岗，我试探着抬脚进门，院内静悄悄的。我漫步到洋房后院，见有一位头戴白帽的中年人，在煤堆上撮煤，他见我后微微一笑，没有询问什么，我顺手帮他提了一筐黑煤，由后门进了厨房。显然他是这里的厨师，可能误认为我是这家的熟人。厨师将煤面撮了一铲投进炉灶里，冒出一股黑烟，他用一个大蒲扇在灶前用力扇风，仍不见炉灶冒出火苗。我说："我看你们院里还有一堆块煤，亮亮的，那是上好的抚顺煤块，你填两块好煤块火就上来了。"

"咦，那块煤是公家采暖用的煤，我们家个人烧饭怎能用公家煤？"厨师说。

"公家采暖煤放你们院干什么？"我问。

"给这小房烧暖气用啊。"他说，"规定的供暖日子一到，就可用这煤块采暖啦。"

"你们独家小院烧暖气，还非等供暖日子？哪天寒流来了，就提前烧呗。"我说。

"那可不行。首长是南方人，最怕冷，可还是坚决按规定办事，丁是丁卯是卯，公私分明！"

原来是这样！经过简单交谈方知，住在这座小洋房的首长是辽宁省一位副省长，曾跟随毛主席参加过秋收起义，走过二万五千里长征，名叫黄达。

很庆幸，我刚搬到新家，就冒昧走进了这位老红军的家门。不久，我在我工作的《鸭绿江》杂志负责主编革命回忆录，首先想到了这位老红军。为图方便，我手持介绍信于下班后直接进入黄家。那位热情的炊事员将我领进客厅，介绍给正在看报的副省长。黄达同志，中上等个头，方圆大脸，看上去很是健壮。他同我热情握手让座，以浓重的江西口音说，欢迎邻居来家串门。看过我递上的介绍信后，收拢了笑容，说："噢！你是办公事啊，那你要到我办公室谈了。"

过几日，我去了省政府省长办公室。黄达副省长询问了编写革命回忆录的一些情况后，一口拒绝，说他不能写。他谦虚地说，自己不识几个大字，不会写。更主要的是，同自己一起闹革命的战友，特别是职位高于自己、功劳大于自己的战友，有不少都壮烈牺牲了，是他们用鲜血和生命换来了今天的胜利和幸福。自己有幸活到今天，得益于他们的保护和给予。要写，就写他们。血染革命路，忠骨埋山川，写也写不完……

我被拒绝了，但我不死心。我变换着方式，闲暇时以邻居的身份顺道到他家串门，结识了他的夫人王军大姐。她极淳朴、热情，说话爽快。总见她帮助那位炊事员洗菜、择菜，边干边聊。

王军大姐告诉我，她同丈夫黄达是1938年秋在晋绥前线相识的。那时王军大姐刚参加抗日队伍，在八路军总部工作。黄达于1936年随长征部队胜利到达延安后，便进入红军大学（后改为抗日军政大学）学习。七七事变后，黄达跟随八路军总司令朱德东渡黄河到达晋绥前线。1937年10月，八路军一一五师取得了平型关大捷，随之，八路军一二〇师在雁门关打胜伏击战，八路军一二九师又在娘子关、广阳等地三战三捷。不到一年时间，八路军便歼灭了日寇3万多人，建立了以太行山为中心的抗日根据地。就在这旗开得胜的时刻，经朱总司令介绍、批准，已任八路军供给部副部长的黄达同抗战女兵王军结为伴侣。他们结婚第二天便分赴前线和后方工作岗位。在战火纷飞的年代，离多聚少，但二人一直互勉互励，和睦相处。在太行山，他们生下第一个女儿，寄养在老乡家。新中国成立后，才将女儿找回，一家人得以团聚。

当我听王军大姐讲到他们的女儿，便很想见见这位于抗战烽火中诞生的"小兵"。遗憾的是未能见到她，她到辽北农村当农民去了。原来，黄达副省长见报纸上报道了河北的邢元敏等青年到乡下同农民相结合、战天斗地做新农民的事迹，便将女儿送到抚顺县山区，嘱其以红军长征精神劳动锻炼，做有文化的新农民，建设好新农村。

这就是老红军的后代，副省长的女儿！

通过同王军大姐的接触，以及和黄达同志的秘书交谈，我逐渐形成了撰写老红军黄达的回忆录的写作思路。但是黄达同志不许我写，更不许发表，一再说："我是一个在有功劳的同志和首长的栽培下成长的苦孩子，到今天，得到的幸福多，贡献得少，肩担副省长这个重担，是党的信任，只有加倍努力工作，其他不值一提！"

半个多世纪过去了，今天在"重走长征路"系列文学活动中，在老战友的激励召唤下，忆往缱绻心潮涌，走笔红军长征路。

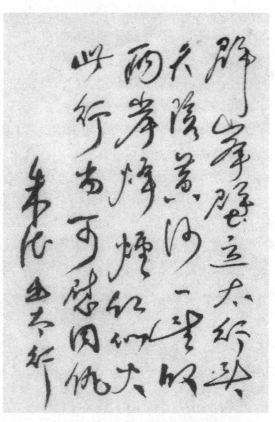

朱德司令率兵转战太行时所写诗篇《出太行》：群峰壁立太行头，天险黄河一望收。两岸烽烟红似火，此行当可慰同仇。

毛委员马夫谢今古

黄达，原姓谢，名利泰，曾用名谢今古，1908年7月出生于江西省清江县中坊村（现属樟树市）。清江地处江西省中部，鄱阳湖南，赣江中游，历史上是中原同南岭地区的舟船通道。据说4500多年前这里便有先民居住，多以采药、制药为生，山上药材丰富、风景优美。但在"三座大山"压迫下，贫苦农民食不果腹。黄达家住边远山区，父亲早逝，留下他与母亲和妹妹相依为命，苦度日月。在生活的重压下，母亲迫不得已将未成年的妹妹送到一户人家当童养媳，自打懂事就渴望上学读书的黄达，也不得不跟随母亲学编筐编篓、割荆条、打猪草，整日劳动。年龄稍大时，母亲便将他送到茶陵县一中药铺当学徒。那时的学徒主要是干哄孩子、倒马桶等苦力活，被称为"三年学徒三年奴隶"，还常常挨掌柜老板打骂。从小便少言寡语、性格倔强的黄达不忍老板欺辱，一心想逃出虎口。听说有一个地方有穷人造反，讲平等、有饭吃，几个年轻伙伴便偷偷串联，走出几十里地，找到一个农会组织，参加了一个警卫团。这是1927年春暖花开的4月。

此时，蒋介石背叛革命，屠杀共产党人，大搞白色恐怖。中国第一次国内革命战争失败。1927年8月7日，中国共产党于武汉召开紧急会议，纠正了陈独秀右倾机会主义错误，确定了实施武装斗争和土地革命的方针。毛泽东参加了会议，提出以湖南兴起的农民运动为中心组织武装起义。毛泽东以特派员身份返回湖南家乡，大力发展农会组织，打土豪、分田地，如《湖南农民运动考察报告》中所说"造成一个空前的农村大革命"。

这时，黄达参加的警卫团在团长卢德铭的领导下，积极向南昌进发，准备参加南昌起义，走到秀水得知，毛泽东将以前敌委员会名义于9月9日举行秋收武装起义。于是，他们便由秀水进入湖南境内，同毛泽东领导的秋收起义队伍会合。起义先从破坏粤汉铁路北段开始。9月29日，各路起义武装会师后到达江西永宁县三湾村，在毛泽东主持下，进行改编（史称"三湾改编"），黄达被编入工农革命军第一军第一师第一团特务连。毛泽东率领改编后的队伍唱着山歌"一九二七年，来了毛委员，带领工农革命军，三湾改编换新颜。党支部建在连队上，部队有了生命线……"，浩浩荡荡登上了井冈山，黄达成为毛泽东部下的红小鬼。

井冈山上的生活是极为艰苦的。山上空气稀薄，没有多少房屋，更没有棉被棉衣，战士们将枯草铺在地上，夜晚就睡在这草铺上。眼望夜空，星光闪闪，疲劳的战士们互相依偎着取暖入眠。改编后的部队编制整齐，但没有统一军装，有的还身着农民衣裤，头上包着毛巾或蓝布，有的胳膊上戴着红袖标（红袖标有宽有窄，有的有字，有的没字），参加过秋收起义的战士脖子上都绑着红色牺牲带（以备牺牲时认领），称为：红色飘带挂前胸，敢战斗来敢牺牲。虽然着装五花八门，看似杂牌军，但经过改编、整顿，这支工农革命军一切行动听指挥，纪律严明，行军、操练整齐威武。

井冈山上的伙食极简单，糙米、红薯、南瓜不足，青菜少，肉、鱼更谈不上。黄达和很多战士都在山区长大，山上野菜多多，他们便抽空到山上去采野菜，边采摘边唱："红米饭，南瓜汤，挖野菜，也当粮，毛委员和我们在一起，餐餐味道香……"黄达在中药铺学过徒，识别出野菜野草里有药用价值的，他便精心挑选采摘，有人头痛脑热便用那种药材煮水喝，他还将药材磨成粉敷在受伤战友的伤口上，常敷常换，伤口渐渐好转。团长高兴地夸奖道，这个江西小老表能武能文，还成了小郎中。

那时毛泽东和战士们一样，也穿着仅有的旧军服和草鞋。他到附近各县、村访贫问苦，宣传群众，组织群众，扩充红军，巩固壮大起义部队。他打赤脚穿草鞋，脚板早已磨出了血泡，还手拄一根木棍坚持着在山乡不停奔走。黄达所在特务连的战士们看到毛委员这样辛苦，赶紧磨些草药送去替他包扎伤口。有的战士说，干脆我们砍树绑个担架抬着毛委员行军走路吧。团长连连摇头说，那可使不得，毛委员坚决不会答应，官兵一致嘛。

红军在刚刚打完的一场战役中缴获了敌人一批战马，团长选了一匹最壮实的黄骠马要送给毛委员。有马就要有马夫啊，他想到了特务连忠厚、老实又机灵、爽快的小谢（即黄达）。向小谢交代任务后，团长一手拉着小谢一手牵着黄骠马，连人带马送到毛委员面前。不足 20 岁的小谢，自此成为毛委员的马夫。

小谢很高兴能在自己崇拜的毛委员身边工作、生活，又担心自己担不起这个重大责任，便加倍努力工作。毛委员则把他当成自己的小弟弟，同他讲话一字一句慢慢道来，生怕他这个江西小老表听不懂湖南话；吃饭时让他同桌共餐，一人一碗糙米饭，一盘辣椒曲子。知道毛委员特爱吃辣子，小谢吃饭时就用筷子蘸一点辣菜，然后就着野菜拌盐大口吃下去。毛委员也大口吃野菜，还用筷子多夹一些辣椒曲子放到他碗里，说，这是下饭菜，要多吃。晚间，毛委员让小谢住在他隔壁的房间，说那房间安静，睡得实，如夜里要添马料睡不醒还可以来喊他。小谢在隔壁房间躺下，见毛委员读书到深夜。熄灯后，他便悄悄起床，跑到马厩给马添好草料，亲眼看着黄骠马一口口吃下，自己则卧在草料堆旁睡，待天放亮时又偷偷回到毛委员隔壁的房间。如果他发现马病了不爱吃草料，便整夜睡在马棚里照料。白天不行军时，他便牵着黄骠马去小河边，让马畅饮清亮亮的溪水，或是绕山间小路遛马，让马啃青青野草，也顺便让它熟悉一下井冈山的蜿蜒山路，以备战斗时方便前行和撤退。他腰间总挂着一个自己做的小刷子，用来给黄骠马梳梳马鬃、刷刷马背。每当他用手轻轻抚摸黄骠马那光滑的皮毛，黄骠马便舒服地咴咴长啸。这时他便高兴地拍着马头说："你感到舒服，要唱歌了？大声唱吧，我让你快快长得膘肥体壮，跟着毛委员杀敌打胜仗！"

那黄骠马果真长得毛亮膘肥，跑得也快。不过行军时毛委员却很少骑它，而是让受伤的战士骑在马背上，小谢牵着马，毛委员则拄着木棍随后走。毛委员常爱惜地拍拍马背说，陪着我们的战士快快前进吧。

眼看着马夫小谢工作尽职尽责，又热心学习文化，一有闲暇，毛委员便教他识字读书，给他讲故事，教他背古诗。杜甫的"国破山河在，城春草木深"，王维的"十里一走马，五里一扬鞭"，他记得最深，牵上马缰，便朗朗上口背几句。从小就渴望上学读书的小谢，想不到过了读书的年龄还能得到这样好的学习机会，受到这样慈祥、热心的老师的教诲和关爱，真是大幸！

有一次小谢真的是累病了，毛委员学着他的样子用草药煮水给他喝，同时安慰他要注意身体健康，说："黄骠马长壮了，你小谢可不能变瘦哟。做好工作重要，身体健康也重要，身体是革命的本钱哟。"

小谢很是激动，站起身说："请毛委员放心，咱是苦出身，经风经雨，身板天生顶呱呱，小毛病不在话下。俺穷娃子，能当上红军，能天天跟着毛委员学本领，真该是谢今谢古谢天地呢！"

毛委员笑了，风趣地重复着他的话："谢今谢古谢天地？讲得有情有理哟，难怪你姓谢。"毛委员思索一下又慢慢说："谢今谢古——讲得好啊，我看你小谢就改名叫谢今古吧，怎么样？"小谢马上向毛委员施了个大礼，说："好，好，以后我就叫谢今古，一生一世谢今古！"

从此，井冈山上毛委员的马夫大名就叫谢今古。

会师井冈山　跋涉雪山草地

在井冈山，谢今古跟随毛委员打了多次胜仗。1927年年底茶陵建立了湘赣边第一个红色政权（茶陵县工农兵政府）。1928年1月，工农革命军又攻占了遂川县城。

　　1928 年 4 月，朱德、陈毅率领南昌起义保留下来的部分部队和湘南起义的一万多人陆续转移到井冈山，同毛泽东领导的工农革命军会师。谢今古跟随毛委员参加了这次有重大意义的胜利大会师。

　　下面这一段真实的历史，在我几次拜访黄达时，他讲得最详细的，虽然这不是他个人的经历，但却是他记忆最深、最受感动的一件大事。

　　那是 1928 年 5 月 4 日，井冈山上风和日丽，杜鹃花漫山红遍。山下砻市一木桥边搭起高高的牌楼，上有"欢迎毛泽东、朱德同志率领的队伍会师"十几个大字。桥岸沙滩正中，几十只木桶上铺着门板，搭设了一个简易的主席台，台两侧的木柱间扯着一个红布横幅，上写"庆祝两军胜利会师暨红四军成立大会"，主席台四周几十面红旗随风飘扬。上午 10 时许，会场上坐满了从宁冈各区赶来的农民、赤卫队员、红军战士，农民个个手持小红旗，赤卫队员身背梭镖，红军战士全副武装，互相拉唱着山歌："同志哥，请喝一杯茶呀请喝一杯茶，井冈山的茶叶甜又香啊甜又香啊。当年领袖毛委员，带领红军上井冈，茶树本是红军种，风里生来雨里长，茶树林中战歌响，军民同心打豺狼……"，"井冈山上太阳红，太阳就是毛泽东，万水千山都照亮，照得人心暖烘烘……"朱德、陈毅同志率领的南昌起义军在热烈的歌声中走进会场，坐在前面。谢今古随毛委员及主力部队特意从澧县连夜赶来，毛委员穿一身由澧县老表为其特制的新军服，还挎上了盒子枪。这是"胸中自有百万兵"的毛泽东第一次挎上盒子枪。他迈着大步走到一身戎装的朱德面前，施以军礼，并幽默地大声说："我背上盒子枪，师长见军长！"

　　大会由跟随毛委员上井冈山的何长工同志主持，他手拿一个铁皮喇叭大声宣布开会，几十挂鞭炮同时点燃，上百名号手吹响铜号，鞭炮声、军号声、欢呼声响彻山谷，震天动地。毛泽东、朱德、陈毅、何长工等紧紧握手并相继讲话，讲了这次会师的重大意义，分析了当前的形势和今后的任务。毛泽东还风趣地说：别看我们眼下装备不如敌人，但我们的人数比敌人多得多，我们有广大人民群众的拥护和支持，我们有如来佛的本事，敌人没有孙猴子的能量，即使有也逃不出我们的手心，因为我们的广大人民群众就是如来佛……

会师大会上明确提出了以罗霄山中段为根据地向北发展、向南游击的革命斗争方向。这正是："山下旌旗在望，山头鼓角相闻。敌军围困万千重，我自岿然不动。"（毛泽东《西江月·井冈山》）

井冈山会师后，合编成立了中国工农红军第四军，下设 3 个师，谢今古被编入了第十一师，师长由毛泽东兼任，他仍然跟随毛泽东转战南北。

1929 年 7 月，谢今古加入了中国共产党。1933 年，谢今古调任红军第一军团政治部，先后任干事、科长。

中国工农红军在中央苏区根据地相继进行了四次反"围剿"斗争，均取得胜利。后因党内出现了王明等人的"左"倾冒险主义错误领导，使第五次反"围剿"失败。1934 年 10 月，红军开始战略转移。中央红军主力 5 个军团及中共中央、中央军委机关和直属部队被迫离开根据地，开始了二万五千里长征。

谢今古所在的第一军团，强渡大渡河，飞夺泸定桥，击溃了四川军阀数团兵力，当他们胜利挺进四川边境，一座陡峭的山峰挡住了前进的道路。这座高山叫夹金山，海拔 4000 多米，山顶常年积雪，山腰气候变化无常，百姓称此山为神山，雀鸟也飞不过去，只有神仙才能登攀，"只见有人登，不见有人还"。可是不翻越这座大雪山就走不出四川，只此路一条，不管神山、鬼山，红军也要攀！

此时正值夏季，红军战士们都穿着单薄军服，山下居民劝说红军不成，便送来一些红辣椒，还建议说最好带些烈酒帮助御寒。可是到哪里能弄到辣椒和烈酒呢？最辣、最烈的只有革命精神！

部队在夹金山下召开了动员大会，每人准备好了一根木棍。首长动员讲话后，宣传队员齐声高喊："夹金山高又高，注意事项要记牢，裹脚要用布和棕（指棕榈皮），不紧不松好好包。遇有病号多帮助，革命同志情谊高。到了山顶莫停顿，咬牙坚持，最后胜利了！"

红军战士一起举起手中的木棍，高呼："决心征服夹金山，革命意志赛神仙。"……

部队登上山腰，天气突变，寒风四起，脚下的山路由软变硬，木棍拄上后嘎嘎作响。面前是亮亮的雪壁，风雪吹在脸上好像刀割一般，战士们将布毯披到身上仍冻得浑身发抖，草鞋结了冰碴，脚被冰碴划破鲜血直流。走在前头的战友用刺刀在冰层上划出一个个凹印，后面的同志踩着前面的凹印艰难前行。有人不慎滚下雪岩，大家就用木棍、绑腿尽力营救。有人跌倒，便想坐下休息，但坐下就再也站不起来了。谢今古和大家呼喊着口号为战友们加油鼓劲："同志们加油！快到山顶了，咬牙坚持，坚持就是胜利！"胜利需要生命换取，埋骨何须桑梓地，英魂永驻雪神山。谢今古和战友们告别了倒下的同志，迎着劈头盖脸的冰雹，咬牙坚持，拄着木棍互相搀扶，继续艰难前行。经过五六个小时的拼搏，红军将士们终于爬到了雪山顶。他们手挽手，大口呼吸，挺直腰板举目四望，只见千里冰雪，银峰蜿蜒，一派银白世界。稍稍休息后，他们开始下山。大家怀着征服雪山后的喜悦，忘记疲劳，忘记伤痛，忘记饥渴，勇气百倍，很快到达山底。这正是："漫天皆白，雪里行军情更迫。头上高山，风卷红旗过大关。"（毛泽东《减字木兰花·广昌路上》）

休整几日后，谢今古所在部队到达了腊子岭，准备过草地。这片草地在黄河上游，海拔在 3500 米以上，纵横数百里，地理条件恶劣，没有道路，没有人烟，坑谷交错，水深过膝，多数地方草青水黑，水中含有毒素，不可饮用。赤脚行走如被草根刺破经水一泡，立刻红肿溃烂。行军走路必须小心翼翼，双脚必须踏在青草密密的土墩上，绝不能陷入深深的泥泽里。草地天气变化无常，有时雨雪不停，有时骄阳似火，有时寒风浓雾惨惨凄凉。有人形容草地"千年绝人烟，鸟兽无踪荒一片；泥坑吞人黑水毒，雾雹多多常变幻"。

部队从腊子口刚一进入草地，便迎来雨雪。迷雾茫茫，找不准前进的方向。夜晚，风大雨急，只好找一片灌木林露营，几个战士支起一条布毯子当作帐篷，背靠背坐在草墩上过夜。无情的黑水、深草和饥饿的煎熬吞噬了难以数计的战士的生命。自称命大的谢今古默默告别这些丹心相印的永眠于草地的战友们，踏着烈士的脚印继续前行，苦苦坚持了六天六夜后终于走出了茫茫草地。这时，他们郑重地为长眠于雪山草地的英魂们

红军战士黄镇长征时的速写《红军过草地》（新中国成立后，黄镇为首任中国驻法国大使）

设一灵堂，深深致哀，敬礼。泣血锥心哭战友，哀心化作鲲鹏翼，披荆展翅闯艰险，傲骨雄风扬红旗。

　　谢今古作为红军第一军团的政治干部，和战友们跟随毛泽东等中央领导，历时一年有余，在令人想象不到的极其艰苦的转战中，走出了漫漫长征路。这正是：红军不怕远征难，万水千山只等闲。五岭逶迤腾细浪，乌蒙磅礴走泥丸。金沙水拍云崖暖，大渡桥横铁索寒。更喜岷山千里雪，三军过后尽开颜。（毛泽东《七律·长征》）

挺进关东　飞黄腾达

　　红军胜利到达陕北后，谢今古被送到红军大学学习。1937年7月卢沟桥事变爆发，日本帝国主义发动全面侵华战争。8日，中国共产党发表宣言，号召国共合作一致抗日。8月，红军主力改编为

国民革命军陆军第八路军，朱德为八路军总司令。刚从红军大学毕业的谢今古跟随朱总司令奔赴晋察冀前线，在刀光剑影的抗战烽火中，夜以继日地工作。

1944年，抗战形势好转，为加快抗战胜利进程，毛泽东、党中央决定：三五九旅旅长王震率领5000余人成立南下支队，开辟新区。谢今古被调入这一新的战斗部队，跟随王震将军东渡黄河，很快逼近日军占据的同蒲路。如何通过同蒲路？王震组成一个精干的小分队，承担先遣重任。谢今古成为这个小分队的一员，他秘密潜入，搜集敌情，了解地形，引导大部队抄小路巧妙通过同蒲路，他们又设法分散日军注意力，还击退了敌人的一辆坦克，使南下支队直插大别山。又经两三个月长途行军，挺进敌占区，进入湘粤边区。最后同新四军第五师会合，接受日寇投降，建立了江北、江南连起的大片根据地、解放区。1946年，胜利返回延安。此次南下行动长途跋涉、艰难战斗600多天，被毛主席称赞为"我党历史上的第二次长征"。

谢今古返回延安后，又领取了新的命令，马不停蹄前往东北地区工作。

他异常兴奋，一夜未眠，写日记，整行装，准备向他敬仰的老首长毛主席、朱总司令告别。尚未行动，便接到通知，要他去毛主席窑洞。他以急行军的步伐迅速赶到。毛主席在窑洞门口伸出一双大手紧紧握住他的手说："小谢，今天我要给你送行咧！"原来主席早已知晓他要奔赴新的战场。

进屋坐定后，毛主席慢慢向他讲述了日寇投降后东北地区的新形势和新的战略任务，问他有何思想准备、生活上有何困难等等。说话间，警卫员端上了饭菜，同以往一样，四个辣味小菜碟，最后一盘是红烧肉。他知道毛主席喜欢吃红烧肉，但在井冈山只听毛主席讲过湖南红烧肉味道如何美，却从未见他吃过。他们边吃边谈，毛主席反复嘱告他，要向那里的人民群众虚心学习，搞好团结，廉洁奉公，多搞调查研究，实事求是，加强学习，适应新的形势，做好工作。毛主席说："小谢呀，新的革命形势更艰苦，也更需要你去努力奋斗，要在新的革命形势下飞黄腾达呀！你把谢今古的名字就改为黄达吧，飞黄腾达！"小谢又立即起身向毛主席三鞠躬。饭后，谢古今一步三回头离开毛主席窑洞。

井冈山马夫、老红军小谢，自此以"黄达"之名挺进东北，以长征精神在东北大地艰苦奋斗。

黄达被派往东北地区的大连市。根据《中苏友好同盟条约》，当时大连被苏联红军接管，实行军事管制。1945年11月，成立了大连市自治政府。1946年9月，大连市临时参议会代表大会同意成立旅大行政联合办事处，后又改为关东（含旅顺、金州）公署。黄达相继担任了大连市贸易局局长、关东公署商业厅厅长。因为旅大是苏军管理的地区，进入旅大的共产党干部一律脱下军装换便服，黄达便以地方议员身份同人民接触，细致开展工作。黄达穿一身东北人惯穿的长棉袍，围着长围巾，深入寺儿沟等工棚连片的工人住宅区，了解到旅大人民最缺的是粮食和日用品。

1946年6月，蒋介石撕毁了《双十协定》，内战爆发。蒋介石对东北采取了"先南后北"的进攻战略，集中10余万人的兵力分三路进攻南满解放区。根据《中苏友好同盟条约》，他们不能进攻旅大地区，于是便围绕旅大外围，由海上到陆地对旅大地区进行封锁、扣押、击沉、烧毁来往旅大的船只，断绝旅大人民需要的粮食和生活用品。身担商业贸易领导重任的黄达，根据旅大地委"组织生产、自力更生、靠山吃山、靠海吃海"的原则，积极组织人民发展生产，解决首要的粮食问题。他机智地穿梭在国民党占领区边缘交通线，秘密到辽东山区、北满后方购粮运粮，日夜不停，同时也将旅大人民自力更生生产的小商品、小工业品运往辽东山区，以及辽南、辽西。听黄达讲到当年他们用游击战术千方百计为旅大人民运粮的情景时，我想到我所在的那支队伍就是被当作粮食避开了国民党军的包抄和

黄达任辽宁省副省长时

苏军的重重检查运到旅大的。

那是1947年年初，解放战争最激烈最艰苦的时候。我就读的白山艺术学校（设在安东省会安东市），于1946年10月末国民党军进攻安东时紧急撤退到辽南。当国民党军疯狂进攻辽南各县时，我校身强力壮的男同学都扛起枪随军到了前线。女同学和病弱男生连夜紧急行军来到一个小火车站，我们迅速爬上装粮食的货车，每节车厢挤坐十来个人，背靠背，弓腿抱肩，不能动，不许说话。火车行驶速度很慢，在火车行进的轰隆声的掩护下，我们可以小声对话。我们去哪儿？不知道。国民党打过来没有？不知道。一切都是谜。火车走走停停，困了可以睡觉，饿了就咬两口上车前发的烧饼。没有水喝，不能大小便，实在憋不住时，待车行进时便往车厢木板缝中方便。就这样忍饥忍渴，晃晃悠悠行进了一天一夜，火车停下来了，我们听到车外有人说话，还夹杂着大喊大叫的俄语。这时我们中领队的同志嘱告：大概快进港了吧？绝不能大喘气，如果有钢钎什么的刺到身上，不要动，更不能喊，咬牙忍痛，把头夹在两腿中间保护好。这时，只听哗一声货车门被打开了，透过粮食麻袋包的缝隙射进微微亮光，但谁也不敢抬头，闭眼屏住呼吸。只听有钢钎哗哗向粮包刺进，又唰唰抽出，随后是玉米粒的流动声。万幸的是没有一个钢钎刺到我们身上，因为我们被塞在两层麻袋包的中间。钢钎刺完，传来洪亮的俄语对话："哈啦哨，哈啦哨！"我们听懂这是"好"的意思。火车开动了，速度加快了，在轰轰隆隆的车轮声中，我们都抬起了头，伸开抱腿的双臂，大口大口地吸气，轻呼：可解放了！

当我向黄达讲到我们被他当作粮食运进旅大这段经历时，他哈哈大笑，说："那时我这个管商业的官，就是要绞尽脑汁全力以赴解决好旅大的民生问题，同时还要支援解放战争，保存干部实力，和国民党斗武又斗智。"

也是通过类似的方式，旅大人民将武器和大量军需品运到辽南、辽西前线，支援解放战争。同时还要同苏联开展贸易活动，将旅大人民自力更生生产的工商产品和生活日用品以海运方式送到苏联东部，换取他们的棉花等生产资料。贸易越搞越火，市场越来越繁荣。黄达同志还兼任了新成立的国营贸易公司的经理，换下长袍穿上西装，广交商业名流，大力开展外贸活动，多方改善人民生活。他还学会了简单的俄语。日俄战争时期，沙皇俄国在东北很多大城市都建立了秋林公司。经过谈判，我们和苏联共同接管了这些公司。黄达同志同原公司留下的员工及苏联派来的管理人员友好合作，使秋林公司的商贸活动欣欣向荣。旅大地区很快成为东北经济繁荣、人民生活丰富多彩、文化发达的先进地区。

东北全境解放后，黄达调任东北人民政府贸易部副部长，负责全东北的商贸工作。

1950年9月，黄达到北京汇报工作。在住地招待所，他接到服务员送来的一封便函，是朱德办公室通知他到中南海怀仁堂观看国庆文艺晚会。他换上来京前新制的中山装，衣帽整齐，按时到达怀仁堂，坐到最后一排空座位上。他举目四望，忽见舞台幕布旁出现几个灯光打出的大字："小谢，请到前面来。"小谢？多熟悉的称呼，但是到东北以后，他听到的一直是"黄达同志""黄局长"，没有人称呼他"小谢"，甚至没有人晓得他原姓谢。他稳坐不动。一会儿，字幕又出现了："小谢，马夫也！"啊，马夫！在此会场就座的人员中大概只有他才是马夫，姓谢。他慌忙起身，整整衣帽，试着慢步前行。这时迎上来两位服务人员，悄声问他是不是谢同志。得到肯定答复后，服务人员便热情引他走向正中前三排座位。未等落座，突见身材魁梧的毛主席出现在面前，同他紧紧握手，并拉他坐到自己身边。他惊奇得不知所措，立即挺身激动地喊着"毛主席！"

并庄严举手敬礼。毛主席又拉他坐下，仔细端详着他的面孔，同时向周围来宾介绍道："小谢，我的老战友，井冈山的战友。"黄达又立刻起身，不知用何语言向各位首长表达自己激动的心情，只有不停地举手敬礼——井冈山式的崇高军礼！

晚会开幕，上演京剧《盗御马》。毛主席边看戏，边侧身向他介绍盗马的内容，并风趣地说："古时窦尔敦盗马有功，你小谢，井冈山上养马也有功哟。听说你到东北工作得很好，算革命功臣哩！"

听毛主席如当年一样亲切的鼓励，黄达百感交集，眼闪泪光，又想起身敬礼，但不便行动，他抑制住自己激动的心情，慢慢地说："主席，我没把马养好，不是好马夫。你领导人民推翻三座大山，走上革命大道，你的车赶得好，是好舵手！"

"咦，不能说舵手，我们同走长征路，是好战友！"

文艺晚会结束，毛主席拉着黄达的手走出怀仁堂，走进侧门的小餐厅，那里餐桌上早已摆上了四碟小菜，并有白酒和果酒。黄达陪毛主席坐定后，首先举杯向毛主席敬酒，祝毛主席健康长寿。毛主席说："我们相处多年，也没有共同喝过酒，没有共同度过一个节日。现在是我们全中国人民庆祝新中国成立一周年的美好节日，我们好好庆祝！"

毛主席亲切地向他询问了东北、旅大地区的经济情况和人民生活状况，以及黄达家中情况。毛主席特别嘱告说："对家属和后代不要迁就，要常常教育他们继承发扬革命传统，做有益于人民的人，不忘井冈山、长征精神，永远发扬下去。"

黄达牢记毛主席教诲，恋恋不舍地向毛主席告辞。毛主席将黄达送出餐厅大门，又坐上送他的汽车，一直将黄达送出中南海。这一夜，黄达躺在床上，隔窗望着北京长安街上闪烁的灯光，想着中南海怀仁堂的那一幕幕，想到了当年的井冈山，思念长征路漫漫，难以入眠……

1954年东北大区撤销，辽东、辽西两省合并为辽宁省。黄达由东北人民政府贸易部副部长调任辽宁省副省长、中共辽宁省委书记处候补书记，仍然主管商贸工作。人称"井冈山红小鬼"的黄达，已成为共和国商贸专家。

1978年黄达70岁时，因病逝世，生前谆谆嘱告其家属：脚踏实地，继承、发扬革命传统，永走长征路！

访毛泽东弟媳朱旦华

　　　　毛主席说，要为人民服务。现在，有的干部就为人民
　　币服务。一个"币"字之差，性质大变……

2010 年夏，我在报刊一则消息中摘下以上话语。

此消息报的是江西省政协原副主席朱旦华于南昌病逝。6月4日，在南昌市千秋堂举行遗体告别仪式，同时，摘要公布了她的"遗嘱"，即五年前她健在时写给时任江西省政协主席钟起煌并转发给时任江西省委书记孟建柱的一封信：

　　　　……

最近得知，省委要以低廉的价格为一些老同志，包括我，

提供新房子。我理解并感谢省委对我们这些老同志的关心和照顾。

在省委和省政协领导的关怀下，我现在生活得很好，不需要再买房子。我的三个子女及一个养女都已生活自立……

趁我现在头脑还清楚，正式向领导表明：我不要买新房子，请组织上把这个指标留给那些比我更需要的老同志吧。同时，也请领导监督，不许任何亲属，打我的旗号，利用这个指标。

……

我死后，房子交公。我还有一点点存钱，交给我的大儿子，全部用于我的后事开销，尽量不要再给组织增加负担。我认为，毛泽民烈士和方志纯同志的革命精神和优良品格，是留给子女们最宝贵的遗产。

……

她，是毛泽东的弟媳。她的第一任丈夫是烈士毛泽民，第二任丈夫是已故江西省委书记方志纯。辽宁人民熟悉的毛远新是她与毛泽民唯一的亲生儿子。

我之所以注意对她的有关报道，记下她的"遗言"，是因为我曾专访过她。那时，她的儿子毛远新还在"保外就医"，她的孙女是聋哑人，很需要经济资助。有人劝她给下一辈留点儿遗产，她思考再三，提笔写下以上信函。

1989年，我随一个革命老区访问团南下，参观、瞻仰过井冈山、韶山革命遗址后，我第一个要拜访的便是朱旦华。

那天，有人带我走进距江西省委机关很近的干部宿舍楼。两三间大房阳光充足，陈设简单，朱旦华坐在木椅上，见我进屋，立即起身，快步迎上。她腰身挺拔，握手有力，话音清晰，齐耳短发掺杂缕缕银丝，黑亮双眼透过黑框眼镜片射出有神的目光。我不敢相信这是已离休的八旬老人，她不似我想象中的基层妇联大姐的形象，倒似一位资深的知识分子。我曾在茅盾主编的《中国的一日》丛书中读过她的作品，写的是她的父亲由宁波老家迁到上海后自己经营国布庄后遭到破产的事，情节如茅盾笔下的《林家铺子》一样悲惨，语言朴实，情感动人。文章署名姚秀霞（她的原名），那时她是一位刚从中学毕业的留校教师。

几十年过去了，这位高级干部还保持着当年教师的风采。

朱旦华从事妇女工作已半个多世纪。1947年党中央在西柏坡时，她便参与了筹备全国妇联的工作。以后，她领导的江西省妇联工作曾多次得到毛主席的称赞，康克清大姐还曾长期在江西蹲点，总结她们的先进工作经验。1989年，她荣获全国妇联授予的"热爱儿童特别奖"和"为妇女解放事业做出积极贡献"荣誉证书。

我访问她的话题本应从妇女运动谈起，因为那时我肩负着整理妇运史资料的任务。但是，看到她住的房间虽不多，却宽敞、明亮，我随便问了一句："您这住房原来是机关办公楼吧？"她答："这是我们被专政多年，落实政策后组织给安排的，我们原来的住房早被造反派占了。我老伴原是省里一把手，我是妇联一把手，'文革'开始的1966年年底，我们先后被揪出来批斗，以后又罪加'叛徒集团'。将近八年，整整一个打日本鬼子的战斗岁月……唉！"

朱旦华一声长叹，使我震惊和疑惑：她丈夫方志纯是我国妇幼皆知的英雄方志敏的堂弟，是毛主席的亲密战友，而她是毛主席的弟媳，毛远新的母亲。当年毛远新在辽宁担任省委副书记、省革委会副主任，掌握着专政大权，他的母亲怎么能长期被专政呢？

我问："您老被专政，毛远新知道不？你们没有联系吗？"

她答："当年我同老方都长期没有联系，不知老方的死活，怎么能联系上他呢？"

她告诉我，1966年年初，毛远新在哈军工导弹系毕业，被分配到空军当参谋。毛主席不同意，要他下连队当兵。毛主席还曾向毛远新说：“我们家就剩下你一个壮丁了，如果美国在越南的战争升级了，我国可能参战，你敢不敢去越南打仗？”毛远新干脆地回答："敢！"他到基层当兵之前路过南昌，看望了母亲朱旦华，同时也去了井冈山、瑞金和韶山祖居，拜谒了爷爷奶奶和父亲的故居、墓地，之后给母亲来过一封信，后来便无音信了。

1975 年 9 月，中共江西省委根据中共中央办公厅对所谓"新疆叛徒集团案"平反的 10 号文件，对朱旦华夫妇彻底平反。粉碎"四人帮"后，他们重新工作，住进了这所大楼，有了新家。而这时，她长久思念的儿子毛远新又被捕、被专政了。她说："这个一岁半就跟着我住进蒋介石、盛世才监狱的儿子，10 多岁始在毛主席身边长大的年轻的共产党员，现在又进了共产党的监狱，唉……"

她的又一声长叹，我理解了，这正展现了我国半个世纪以来风狂雨骤的政治斗争波澜。

但是我知道，毛远新在辽宁使人不能原谅的原因之一是做张志新死刑决定时，有他的签名，他是拍板人之一。我没有向朱旦华提及此事，只问问毛远新现在的情况。她答，1988 年 4 月杨尚昆被选为国家主席时，她提笔给杨尚昆写了封信，信中说，毛远新在秦城监狱已关押十多年了，听说表现不错，但身体不好，能否让他保外就

赵郁秀同朱旦华老人（前）

医。杨尚昆很快就签字批示了。

1989年3月,毛远新来到南昌,朱旦华强忍着泪水喊了一声"儿子!"身着旧军装的毛远新微笑着向母亲敬个军礼,犹如当年将去远方下连队一样,腰身挺直,精神不减,只是眼角多了一些皱纹,两鬓多了几根银丝。尽管他们母子久无联系,而且曾为"专政"和"被专政"、应"划清界限"的对立处境,但正如鲁迅先生所言,"无情未必真豪杰,怜子如何不丈夫",他们心中都深埋着母子情啊!

朱旦华在叙述时,顺手从抽屉里拿出两张照片,一张是她同儿子的合影。站在她身旁的毛远新英俊潇洒,母子二人笑容满面。她说,这是"文革"前他们最后一次见面的合影。另外一张是少女单身照。照片上的少女眉清目秀,俊俏美丽。她说那是毛远新唯一的女儿,这孩子极为聪明,可惜是个聋哑人,现正在上海美术学校学绘画。她的母亲是一位上海工人的女儿,毛远新入狱后,她由沈阳回到上海,独自撑起家事,过着平静的生活。

说到这里,我问:"您和儿子毛远新从新疆出狱后,又回新疆瞻仰过毛泽民烈士的陵墓没有?"她点头说:"有!那是使我生活骤变、刻骨铭心、永远不能忘却的地方啊!"随之她又拉开抽屉,拿出了一些当年的历史资料。

这些资料将我带入那屡起屡落、风云激荡的年代……

朱旦华,原姓姚,名秀霞,出生于1911年12月26日。她几乎经历了中国半个世纪的革命历程。她8岁在老家宁波上小学时便赶上了五四运动,看到学生、工人浩浩荡荡、吼声震天的游行,她记住了三个口号:"科学民主""劳工万岁""抵制日货"。第三个口号促进了民族工业的发展,她父亲做的土布生意大有好转。1922年,全家迁移至上海,朱旦华考入上海著名的务本女子中学,随同学校师生多次参加了五卅运动大游行、演讲、串联!不料,风云突变,1927年,"四一二"白色恐怖,蒋介石大肆屠杀共产党,将起义领袖赵世炎等革命者一一逮捕杀害。同学们义愤填膺,更向往革命。

1931年九一八事变爆发，日本侵略者强占东三省，她和同学们看罢街头演出《放下你的鞭子》，便含泪学唱"高粱叶子青又青，九月十八来了日本兵……"他们同仇敌忾，走向街头，宣传抗日。不久，一二·九运动更震惊了各大中院校的学生，学生们北呼南应，抗日浪潮风起云涌。

经历这一场场运动，朱旦华从随波逐流到涌向潮头，在地下党组织引导下，明确了自己要永做挺立潮头的革命者，要去延安投身抗战的决心！

1937年9月，朱旦华同一些爱国青年从上海出发，日夜奔波，11月到达延安。在延安，青年们尚未看到宝塔，便见远远有一队人马歌声嘹亮地迎来："这批人马哪里来？西北陕甘宁！……威风凛凛是哪个？朱德、毛泽东！……"随着歌声，走过来一位穿着灰色军装、风姿绰约的女战士，笑着大喊："欢迎远道来的朋友们！欢迎！欢迎！"经介绍，那位女战士是作家丁玲。她早于1936年便来到延安，现任西北战地服务团（简称西战团）团长，大家唱的这首欢迎歌曲就是她编写的。

朱旦华喜出望外，茅盾、丁玲都是她在中学时就崇拜的作家，被他们的魅力所迷，她想去鲁迅艺术学院学文，但却被分配到陕北公学学习。在这里，校长成仿吾、哲学家艾思奇等人讲的课，特别是毛主席的大报告，使她眼界大开，思想不断飞跃。不足一年，她便被批准加入了中国共产党。一个月后，她又接到通知离开延安，到远处做统战工作。她恋恋不舍地离开了革命圣地延安，行走一个多月后才知道是去新疆。

1938年5月，朱旦华随大部队到达了乌鲁木齐。乌鲁木齐那时叫迪化市，是清朝统一新疆后，乾隆皇帝给改的名，寓意启迪、开化。而乌鲁木齐，是维吾尔族语"美丽牧场"的意思。这里确实天蓝云白，山青草绿，处处是牧场，很是美丽。朱旦华被分配到迪化女子中学任教导主任，兼任妇女协会宣传部部长。

迪化女子中学成立于 1916 年，当年的校长是盛世才的夫人邱毓芳。盛世才是辽宁省开原县（今开原市）人，曾留学日本，毕业回国后到东北军，在名将郭松龄的部下任排长、参谋，郭松龄将义女邱毓芳许配给他，之后送他们夫妇再去日本镀金。邱毓芳读东京女子大学，盛世才进陆军大学。二人学成回国后，得到层层重视，1933 年被派到新疆。

盛世才要想在新疆站住脚，必须同近邻苏联搞好关系。头脑灵活的他转身弃日、联俄联共，得到了苏联方面物资和精神上的大力援助。当然他也要得到中国共产党的支持，这正为延安建立了一条便于同苏联联系的通道。于是，党中央决定以不公开党员身份、不宣传共产主义、不发展党组织的形式派朱旦华改名换姓去新疆工作。她于是将原名"姚秀霞"改为"朱旦华"，取《尚书》中"日月光华，旦复旦兮"之意。

新官上任三把火，朱旦华到迪化女子中学后，首先增设了社会发展史、心理学及体育、音乐等新课程，还增加了高中班、师范班，促使许多不允许女孩上学的维吾尔族家庭主动送女孩上学。随后，朱旦华又为千余名维吾尔族女孩开设了维吾尔族班。她还为迪化女子中学写了校歌：天山白雪洁又鲜/活泼儿女齐向前/……/诚毅团结/勤肃、紧张/把钢铁意志来锻炼/……/我们是新女性的模范/我们献身于民族革命/我们是建设新新疆的骨干……

朱旦华在迪化女子中学开创出了新的局面，很得留日校长盛世才夫人的欣赏和称赞，推荐她为继自己之后的第二位新疆政务委员。1938 年 10 月，朱旦华被通知出席政务会议。进入阔气的会议厅，她靠最边角处坐下，静听官气十足的盛世才操着东北口音宣布开会，随之请财政厅周彬做报告。

周彬何许人，朱旦华一概不晓。只见站起一位 40 来岁身高威猛的男人，高高的额头下一双黑亮的大眼睛以敬意的目光向大家扫视一圈，然后用纯正的湖南口音慢慢讲话，先说明新疆自康熙帝接管始，就没有财政收支预算，多靠外来援助，情况很危险……最后他提出了改革方案，建立预、决算制度等。他的话音一落，朱旦华慢慢站起来，以学校经济情况为例说明建立预、决算制度很有必要，希望能立即执行。

几天以后，驻新疆的八路军办事处负责人邓发（当时化名方林）邀请朱旦华谈话。闲聊了一通工作后，邓发笑着问："小朱，听说你还是单身，是吗？"朱旦华不解其意，腼腆点点头。邓发递给她一份材料，是新疆财政的分析报告和解决方案，让她阅后谈谈看法。邓发笑着说："写此材料的人你认识，是周彬。你对此人的工作水平和才华如何评价？"朱旦华回答："很佩服。"邓发实话实说："他是毛泽东的弟弟毛泽民，早在江西苏区时便在红色苏维埃做财经工作，很有成绩。我想为他介绍一个对象……"

朱旦华同毛泽民仅有一面之识，但她想到在陕北公学时，校长成仿吾讲课时常引用的一句话："与善人居，如入芝兰之室，久而自芳也；与恶人居，如入鲍鱼之肆，久而自臭也。"她应入芝兰之室。她的婚姻大事就这样拍定了。

在"美丽牧场"乌鲁木齐，这对革命恋人曾相约于高高的白杨树下，漫步在花草丛中，聆听着远处传来有冬不拉伴奏的迷人的维吾尔族情歌，忆吟着陕北高原那动情的信天游。他们没有更多的甜言蜜语，没有海誓山盟。对于爱好文学、喜吟歌赋的朱旦华，这飞来的初恋，使她真的体会到了英国诗人拜伦的诗句："比一切更甜蜜的，是初次的热烈爱情。"这纯洁甜蜜的初恋美妙又神圣。爱是奉献，是生命的火花，这火花在她心中炽热燃烧，使她增添了无形的工作动力。就在他们俩都展现出工作更新成就时，毛泽民奉命要去莫斯科。

在送别毛泽民去莫斯科的欢送会上，邓发同志当众庄重宣布：这个欢送会也是毛泽民和朱旦华的订婚典礼！等胜利归来时将为他们举办隆重的结婚典礼。

朱旦华期待着毛泽民早日归来，希冀婚礼的那一天。她常默吟着古人的诗句："愿为双飞鸟，比翼共翱翔。丹青著明誓，永世不相忘。"

在朱旦华沉浸于甜蜜回忆时，我告诉她，1986年我去新疆开会时，还特地参观过她同毛泽民结婚后住的维吾尔族的小平房，院内有两棵大树，树荫遮到了房门口，两居室的房间不算宽大，粉刷白墙，拱形长窗，阳光直射满屋，亮亮堂堂。朱旦华听我讲到这些，高兴得一把握住我的手说："你看到我们的家啦？太亲切了。头两年，就是1983年纪念烈士牺牲40周年时，我应邀回去过。在那洒满阳光的床上，我盘坐了好长一会儿。想起当年，我们常常并坐在床头，说不完的知心话，听不尽的知了鸣。院中那两棵树是毛泽民亲自栽的，那时树不高，他常常给它们浇水，就像对远新一样，盼它们快快长大。想不到，远新这棵小树刚刚开了杈，长了叶，风暴袭来……"

大海潮起潮落，革命道路曲曲折折，新疆的形势亦随潮而变。1941年6月，苏德战争爆发，苏联对盛世才的援助停止了。精明、狡猾的盛世才转身变脸，投进蒋介石的怀抱。1941年7月，盛世才以照顾毛泽民的身体为名，免去其民政厅厅长职务。1942年春，宋美龄代表蒋介石飞抵迪化，公开为盛世才撑腰。送走宋夫人后，盛世才又以保护安全为名将在新疆工作的百余名共产党员软禁起来。9月17日，盛世才以省主席身份请新疆"学委"（即中共党委）的陈潭秋、毛泽民、林基路等五人去谈话，一去不回，投入第二监狱，接着又将他们的夫人、孩子集中软禁。之后不久，又将从苏联回国暂留新疆的中共党员方志纯、马明芳、杨之华等逮捕入狱。

从此，这些于新疆出生的娃娃们及他们的兄弟姐妹20余名随他们的母亲共百余人开始了狱中的生活和斗争。娃娃中年龄最大的可能是刘思奇（12岁），最小的在狱中出生。当年，毛远新仅一周岁半，他不知道自己的爸爸被关在哪里，受过什么酷刑，生死两茫茫。

在狱中，他们吃的是黑窝头，睡的是潮湿地。冬天从窗缝中飘进层层白雪，母子们抱团抵寒；夏天日晒薄薄狱墙如火烤，蚊虫满屋飞。母亲们既要呵护好自己的孩子，更要组织起来同反动派进行斗争，领头的便是瞿秋白的夫人杨之华。她们经常暗中碰头，分析形势，研究对策，互相鼓励，坚持学习，变换着各种方式进行斗争，强烈要求无罪释放她们，尽早让她们返回延安。端午、中秋等节日时，她们将发的白面馒头晒成干，求好心的狱卒送到她们不得相见、不知下落的丈夫手中，借机包入刚刚学会写字的孩子们用稚嫩的小手写上的"爸爸好""祝爸爸健康"等动人的话语。朱旦华负责教这20多名孩子识字、学文化。没有纸笔，他们便用小木棍在地上不停地画写。她还为孩子们编唱儿歌："小鸡小鸡你为什么叫／小小八路你听我来道／监狱太黑暗，我们受不了……／小麻雀小麻雀／飞到牢里唧唧叫／快快飞到爸爸的监牢／问问爸爸好不好／盼着爸爸把我抱／看我长得高不高……"

孩子一天天长高，也一天天思念爸爸。小远新常常歪着小脑瓜问妈妈："爸爸什么时候能来看我？爸爸长得什么样？我长得像爸爸还是像你？"朱旦华含着眼泪，为儿子讲述他日夜思念的爸爸的往事……

1940年，毛泽民从苏联归来，与朱旦华结了婚。转年2月14日，他们的儿子毛远新出生。毛泽民按照毛氏族谱顺序（祖、恩、贻、泽、远），为他取名"远新"，

朱旦华同丈夫毛泽民及儿子毛远新

寓意出生在新疆。他曾抱着胖胖的可爱的儿子哈哈笑着说:"远新远新,生于新疆,长大永远建设新疆,永远为人民!"

毛泽民于1921年随兄参加革命,便立志永远为人民。次年入了党,1931年担任闽赣省苏维埃政府财政部部长。长征路上,他把党中央的家当全部挑在肩上,一路筹粮、筹款,承担着为红军提供粮草、物资的重任。1938年到新疆,他仍不忘为人民,以他"理财能手"的经验和本领,将新疆混乱的经济整顿一新,新疆人民称他为"铁汉子,亚克西"!被盛世才免去民政厅厅长之后,毛泽民约曾在苏联同住一个房间的方志纯出外散步谈心。两人共同为新疆的未来担忧。毛泽民对方志纯说:"为革命,你家牺牲了方志敏堂兄,我家牺牲了开慧嫂嫂、泽覃弟弟和妹妹,我们的一切行动都要对得起死去的烈士。"方志纯说:"我永远铭记哥哥方志敏的话,敌人只能砍下我们的头颅,绝不能动摇我们的信仰!"这天夜里,毛泽民将他同方志纯的谈话和自己沉重的心情向爱妻朱旦华一一述说,他反复叮嘱的一句话是:"相信我,坚持信仰、不动摇!我是毛泽东的弟弟,毛泽覃的哥哥,您——朱旦华的心上人……"

毛远新从妈妈口中知晓了爸爸的信仰,知晓了爸爸对他的爱,知晓了爸爸和毛泽东一家的故事,更认真地学文化、练写字、背诗歌。有时他手握一根木棍,和小朋友们一起练荷枪刺杀,呼喊着"杀敌人!杀敌人!"1945年年初,蒋经国从苏联回国路经迪化,特地到监狱中看望大家。大家拥上前去质问他:"陈潭秋、毛泽民、林基路,他们现在在哪里?"姐妹们将这三位同志的夫人推到前面,厉声质问:"我们的丈夫是死是活,怎么一点儿音讯都没有?"精灵的小远新立即唱起妈妈教的儿歌:"我要爸爸回来把我抱/看我长得高不高,高不高……"

蒋经国抚摸着小远新的脸蛋说:"长得高,高!叫什么名?毛——"小远新推开蒋经国的手,大声喊:"我要爸爸,我要爸爸!"

不久,二战告捷,抗日战争胜利。毛主席应邀到重庆谈判,同周恩来同志一道郑重地向蒋介石提出了新疆问题。1946年年初，蒋介石委派张治中任新疆政府主席。5月，鲜花开遍原野的春日，新疆监狱关押的130余名革命者及20多名儿童重见阳光，全部无罪释放！10辆大卡车浩浩荡荡地送他们返回延安。他们立即得到了毛主席及党中央的热烈欢迎和款待。这时，朱旦华她们才确切知晓，毛泽民、陈潭秋、林基路三位新疆共委领导虽被严刑拷打，但宁死不屈，坚持信仰，拒绝在脱党书上签字，1943年6月，被以绞刑秘密杀害。

朱旦华没有将这噩耗告诉儿子，自己默默流泪，为死去的丈夫吟咏自己默写的长诗：夏去秋来，秋去冬至 / 没有了你的消息 / 在漫长的冬夜里 / 噩梦，压得人停止了呼吸 /……你，孩子的爸 / 我不愿想象 / 是在人间，还是在天上 / 噩梦，竟然是事实 / 幻想，成了泡影 / 孩子，爸爸不再回来了 / 爸爸已被反动派暗杀 / 记住这血海仇恨……

多少年来，她永不忘这血海仇恨！

动荡年代，她以此明辨航程；苦难时光，她以此挺挺而立；幸福生活中，她以此抵制诱惑，保持共产党员不变的本色。

1993年7月31日，朱旦华丈夫方志纯病逝。逝世前，方志纯在病床上曾向陪护他的爱妻朱旦华交出他手书的一个座右铭：清贫、洁白朴素的生活，正是我们革命者能够战胜许多困难的地方。这是他的堂兄方志敏的遗言，他一直将其作为自己的座右铭。他曾在病床上不断为朱旦华讲述方志敏创建赣东北革命根据地的故事及群众中流传的民谣：上有朱毛好主张 / 下有红军打豺狼 / 两条半枪闹革命 / 打倒土豪求解放……

朱旦华老人深深铭记着两位亲人的遗愿、嘱托，坚持信仰不动摇，一生洁身自爱，堂堂正正，一生彰显永远为人民、赤诚爱国家的赤胆忠心！

同朱旦华的谈话将结束时，我随便问她："朱老，您现在已为毛家唯一健在的儿媳，您同毛家的妯娌们关系如何？"

她哈哈大笑："哟，哟！很多同志都这样问哟！其实，我同毛泽民生活仅两年，还是在新疆那遥远的地方，没有机会同妯娌们相处。不过前前后后我都见过她们。最早相识的是江青，那是八一三事变爆发后，我要去延安，地下党一位同志告诉我最好搭个女伴，说有个演员蓝苹也要去延安，让我去联系。"

朱旦华在上海便知道蓝苹演过易卜生名剧《娜拉》的女主角，她原名叫李云鹤。按约定地址，朱旦华见到了住在一个亭子间的李云鹤，李云鹤热情接待了朱旦华，并告诉她自己暂时不能走，但向她介绍了一些情况，还鼓励她尽早奔赴革命圣地延安。

1946年，新疆监狱难友返回延安，接受毛主席及各位领导接见。一天傍晚，毛主席特别邀请朱旦华带毛远新到他住的窑洞吃饭，这是她正式见到自家兄长和嫂嫂江青及侄女李讷。李讷极为活泼，握着小她半岁的弟弟叫了声："毛远新同志。"有些拘谨的毛远新被伯父毛泽东一把搂于怀中。毛远新仰脸端详着伯父的面孔大胆地问："大伯父，你怎么有两个名字，叫毛泽东，又叫毛主席？"江青哈哈笑着，嘱咐李讷拿出一张油饼给毛远新吃。后来，江青还送给毛远新一条毛毯，是前线送来的战利品，送给毛家后代保存使用（此毛毯至今保留）。新中国成立后，毛远新在北京读小学、上中学，直到考入哈军工，得到了毛主席和江青的挚爱，毛岸英牺牲后，毛主席对毛远新的教育和关爱更加悉心，并更为严格。

对杨开慧嫂嫂，朱旦华多次听毛泽民讲过她英勇就义的感人事迹。

对贺子珍，朱旦华过去一无所知。但她听妇联大姐们介绍过，贺子珍性格倔强，在枪林弹雨中和毛泽东患难相处十年，毛主席对她多有谦让。到延安后，她对延安举办舞会，领袖们同知识妇女干部跳舞，特别是接受外国女记者采访等很看不惯。一次，同毛主席发生争执，她一气之下跑到西安、兰州，要求去苏联治病、学习。毛主席三次拍电报、写信劝她回延安，李富春、谢觉哉等诸多领导都劝说，她坚定表示：彻底分手！1947年，她随蔡畅大姐由苏联回国，先在哈尔滨，后到沈阳。

我插话说，贺子珍在沈阳时住在东北旅社，那时我们到沈阳开会，也住东北旅社，在走廊见过贺子珍，她高高瘦瘦，面色苍白，不苟言笑。据说，她在沈阳市工会工作。朱旦华又一把握着我的手说："哟，我们家的人，你比我见得还早，有缘，咱随便唠吧！"

1949年6月1日，经妇联大姐介绍，朱旦华同死去妻子的新疆狱友方志纯结婚。不久，方志纯被派往刚解放的江西，任省人民政府副主席。6月，朱旦华怀抱着方志纯不满一周岁的儿子，随同60多名干部乘火车南下。路过天津站，方志纯下车接上来两位女同志，是贺子珍和妹妹贺怡，她们要到上海同哥哥贺敏学相会。陈毅市长热情接待了方志纯，特送十辆汽车和一辆美国吉普给江西省。

贺怡是毛泽东三弟毛泽覃的妻子。1935年，毛泽覃在率领部队向福建转移的战斗中牺牲，毛泽东和贺子珍的儿子小毛便是毛泽覃牺牲前，部队转移时由他的警卫员给安排在一个老乡家不见的（警卫员也牺牲了）。

贺子珍姐妹也是朱旦华的嫂嫂和弟妹，是妯娌，第一次欢乐相见后，贺怡便高高兴兴带着方志纯送的一辆汽车回到她任地委组织部副部长的江西吉安县。1949年11月，贺怡乘着这辆汽车去寻找小毛，出了车祸。贺怡当场亡故，而她随身带去的她同毛泽覃的亲生儿子贺麓成骨折，后被送到上海医治，由大姨妈贺子珍抚养。贺麓成一直低调。自考入上海交通大学读书，至毕业分配到军委导弹部门工作，他填写履历时，仅写父母双亡，不写姓名。他原名毛远成，出生4个月时父亲牺牲，为了掩护身份，改随母姓。"麓成"寓意湖南岳麓山革命成功之意。贺麓成一直以此精神默默奋斗，今日已成为副军级导弹专家，人们也不知他是毛泽东的亲侄和外甥。

朱旦华介绍说："我结识的毛家妯娌姐妹，年龄最大的就是毛泽民由父母包办的结发妻子王淑兰，她最善良、淳朴、真诚。毛泽

朱旦华（左）同王淑兰（毛泽民前妻）
（右）及毛远新

民离家时同她离婚，是怕她遭遇嫂嫂杨开慧同样的命运。抗战胜利后，他们的女儿毛远志将她接到北京，后来，毛主席建议她回湖南，参加毛氏故居的管理工作。毛远新在北京读书时，王淑兰特从韶山赶来看望，说毛泽民的儿子就是她的儿子，这是毛家的根，她永远都是毛家的人！"

说到这儿，朱旦华拿出当年她们三人的合影给我看。另外还有毛远新一家人的合影和她孙女的画作。这画作中的少女形象和她孙女一样靓丽、秀美、天真活泼。朱老开心地指着这张照片和画作说：这是毛家的新一代！听说这学画画的孙女还处了一个非常英俊的男朋友。王氏大姐如果地下有知，一定会和我一样很放心、很开心喽！

我说："朱老，您一生苦苦追求的希望、梦想都实现了，您争取活到一百岁，看到祖国的复兴会更开心！"

朱旦华于百岁前夕 99 岁时辞世。灵堂悬挂的长长条幅为：

一生坎坷，历经沧桑，铁骨永在；
两袖清风，几度磨难，风范长存！

宋任穷和我打乒乓球

　　在纪念中国人民抗日战争暨世界反法西斯战争胜利60周年之际，《人民日报》于6月4日在《纪念与回忆》专栏全版刊发了对杰出的无产阶级革命家、全国政协原副主席、中共中央组织部部长宋任穷的纪念文章《功德昭日月 英名留人间》。

　　读着这篇长文，我眼前不断闪现出近几个月来各类媒体上再现的反法西斯战场上那一幅幅刀光剑影、前仆后继的历史画卷，还有刚结束不久的上海第48届世界乒乓球锦标赛中国队勇夺五块金牌大满贯的一场场扣人心弦的比赛场景，浮现出40年前在偏远的辽西阜新那个几乎被我遗忘了的寒冷的夜晚，邂逅宋任穷那一番温暖如春的亲切交谈，那一场友好而又激烈的乒乓球战……

　　那是1964年初春，我去阜新哈尔套地区医院采访三位白求恩式的青年医生，他们都是医大毕业后主动要求到这八百里沙漠荒丘的小镇工作的热血青年。三人中有一位姓白，是我相识的大连作家白晓的弟弟，另外一男一女我忘记了姓名，也是大连人。女青年是满族人，家在金县，高高个子，圆圆脸盘，长长发辫，温文尔雅，淳朴热情。我同他们交谈后，要了一些材料，返回阜新市，想请当地一位作家写一篇报告文学。在招待所吃过晚饭后，路过走廊的一张乒乓球台，被拉上台打乒乓球。刚打不久，只见走过来几位领导干部模样的人，其中，方脸微胖的中年人我认识，是阜新市委书记邱新野，满族人。他身旁另一位年纪较大、花白头发的老者，很感面熟，一听"伢子伢子"的湖南口音，忽然想起，他可能是东北局领导宋任穷。

20世纪60年代初，中共辽宁省委成立了文化部，著名音乐家安波任部长。文艺工作很活跃，连续举办了辽宁省和东北地区的戏曲会演，宋任穷在大会上讲过话。他不念讲稿，就事而论，湖南口音，幽默风趣，会场里常有笑声。记得当时他对东三省中勇于提升、创新的龙江剧、吉剧等地方戏给予了充分肯定。还说到二人转，他说，二人转能转出粮食来，听说农民看入迷了都忘了吃饭，"宁舍一顿饭，不舍二人转"。二人转和由二人转发展而来的吉剧都很好，这是文艺工作者向民间学习、发扬传统、认真贯彻"两为""双百"方针的好成果。希望大胆搞下去，精益求精，搞出名堂来。

听说他是从二机部部长任上调来的。二机部是管"两弹"研制工作的。他来东北后还不时打电话询问战斗在大西北的那些专家们的工作和生活情况，遥祝他们早日成功。

当我确认那位湖南口音的老人就是东北局书记宋任穷时，便礼貌地放下球拍，转身要离开。

"走啥子？莫走耶。"随着话音，宋任穷走到乒乓球台前。

操着东北口音的邱书记也忙说："别走，别走，打嘛！"我将球拍递给邱书记，他说他不会。身旁一位瘦高个的男同志笑呵呵地走到我面前，小声问我从哪里来。我告诉他，我是省作协的。他说，他是东北局办公厅的，宋书记爱好体育，让我和宋书记打两局。他把球拍递还给了我。

我请宋书记先发球。他说女同志优先，我坚持首长先发。他发了个旋球，我没有接到。他哈哈大笑说："这不算，不算，我看不用练习了，咱们就三局两胜开打吧，上战场，端起枪杆就是开战，哪有啥子演练哪。"

我们开打了，开始很温和，我尽量提拉好球给他，他也慢慢回应，几个球过去，老人突然一抽，打得我措手不及。他又笑笑说："要打就真刀真枪，革命不是请客吃饭，不能温良恭俭让嘛。"

我放松下来，真的进入实战状态。我横握球拍，向左向中，连攻两球，后一球他没接到，我有点儿不好意思，他却说："好球，好球，小女同志蛮厉害啊，像上战场的样子，就这样打。"就这样，三局两胜，我们俩连打了两场，都额头冒汗了，邱书记催促休息。

我们坐定后，宋书记问我："中国人多是直拍打法，你怎么学会了横握球拍？"我告诉他，50年代，我在北京文研所学习，正赶上世界乒乓球赛，中国第一次由女将邱钟惠夺得世界女单冠军，她的对手是罗马尼亚的名将亚历山德鲁。亚历山德鲁黑头发，黑眼睛，翘鼻子，运动裤外还罩一短裙，横握球拍，左右开弓，削旋提拉，快捷潇洒，我看得着迷，就学习横握球拍了。

"嘿哟，你这小女同志还真有个学习精神，学而时习之呀！"宋书记说着便同周围同志谈起学习之话题，向群众学习，向书本学习，向一切有用的知识学习，干到老，学到老。忘记是怎样谈着谈着就说到了红军长征时候的学习，我记住了他讲的故事。

1934年10月，红军长征开始，一些首长如张闻天、徐特立等还请马夫给挑着书箱。到了要攀登皑皑雪山、跋涉茫茫草地时，眼看着饿得瘦骨嶙峋的同志身子一晃，倒下便站不起来，眼看着带着伤的战友抬不起脚步，眼看着在树林、草丛中降生的婴儿嗷嗷待哺，都束手无策，哪还有气力挑书担卷啊。但是，倘若有一点点机会，

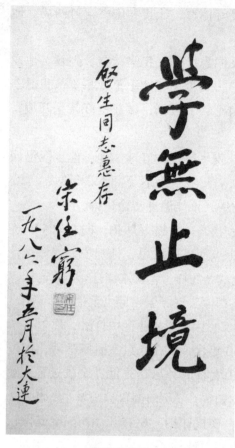

宋任穷题字

能见到一页报纸和几片书册，爱学习的首长们绝不放过，像翻烙饼似的翻来覆去仔细阅读。红军爬雪山过草地之后，打进一个堡子，首长聂荣臻及林彪放下行装，长喘口气，可该歇歇脚、打打牙祭了。聂荣臻掏出一块大洋，让通讯员上街买烧饼"改善、改善"。小通讯员买回一包四个烧饼，交给聂荣臻，聂荣臻马上递给林彪，让他先吃。林彪拿出两个，另一个给通讯员，通讯员坚决不要，又将纸包递给聂荣臻。这时，聂荣臻发现包烧饼的是张旧报纸，他一把抓过去，一边咬着手中的烧饼，一边展开皱皱巴巴的报纸，那是半张《大公报》。他目不转睛上下细看，看着看着，嚼烧饼的嘴不动了，用拿着刚吃一半的烧饼的手狠劲一拍大腿，大喊："通讯员，快快把这张报纸送给中央，送给老毛同志，骑上我的马快跑！"随后对林彪说："哎呀，这报上登着刘志丹带一支队伍在陕北建立根据地了，我们到那里去，有奔头了！"

当时，我像小时候听老祖母讲故事一样，记住了这新奇感人的情节。以后我读到党史资料和长征回忆录，证实那个堡子叫哈达铺。红军长征后，连连遭遇蒋介石的疯狂围攻，不得不多次改变行军路线，四渡赤水，飞夺泸定桥，过雪山草地，重重艰险，总找不到理想的落脚处。得知刘志丹在陕北建根据地的消息，才确定了长征继续前进的方向、路线。当时宋任穷任红军中央纵队干部团政委。他是浏阳人，18岁参加秋收起义后，跟随毛主席上了井冈山，参加了多次反"围剿"，参加过宁都暴动，能打仗，又会做政治工作。长征中，掩护中央军委强渡乌江、攻克遵义等战役，屡战屡胜。离开哈达铺，英勇抢渡金沙江后，最先到达陕北，被派往刘志丹任军长的二十八军当政委，宋、刘率部英勇作战，为红军东征巩固了后方，壮大了陕北根据地。刘志丹指挥东征激战，壮烈牺牲后，宋任穷又任二十八军军长，成为一位出色的军事家。

我在阜新住了两三天，曾抽暇到新邱煤矿去看望在那里任党委副书记的老作家谢挺宇同志。为响应市委号召，他已从原来居住的伪满时日本矿长的洋房搬到了普通工人住的干打垒土平房，和工人"同甘共苦渡难关，协力打胜夺煤大战"。谢挺宇一家四五口人住在进门得哈腰的矮矮的平房里，土墙、土地、土炕，炕前有个小小的煤灶，灶旁放着一大杯浓茶，屋子里空荡荡、冷飕飕的，窗外北风呼呼吹，房梁上黄土唰唰掉。谢挺宇，这位曾留学日本又到延安参加抗战的江南才子，乐观面对眼前的清苦生活。他说："我们搬出一家人，工人进去两三户，人家一辈又一辈，终年在不见天日的地下干活，该有个亮堂堂、暖洋洋的家，物质变精神，劲干加倍增。"这让我想到杜甫的《茅屋为秋风所破歌》："安得广厦千万间，大庇天下寒士俱欢颜，风雨不动安如山。"谢挺宇招待我吃了一顿"八一面"（全面粉）饺子。饭后，要带我下矿井。他的女儿谢真子曾告诉过我，她在北大放寒暑假回家，她爸爸常带她下矿井，还自带玉米干粮到露天矿劳动。想起在阜新市里同宋书记打乒乓球的一幕，我告诉他："宋书记听我说有位老作家在矿上任职，全家落户，他很称赞地说，早知道，应去看望看望，他们要回沈阳开会，让我代他们问个好。"谢挺宇很高兴，说："你看那么大领导都下矿井，

宋任穷（右一）在东北下基层

我们还不该和工人打成一片吗？"他又说："怪不得听广播里不断播放：领导群众同甘苦，不忘长征两万五，战天斗地干劲添，夺煤大战捷报传……"

从新邱煤矿回来，我同阜新一位作者又去了哈尔套。刚到了那里，人们便兴奋地告诉我，东北局和省里领导来这里看望大家了，对大家的鼓励蛮大的。在阜新打乒乓球时宋书记曾问过我来干什么，我说要去哈尔套医院，那里有发扬白求恩精神的大夫。宋书记说应该好好宣传这样的典型，这就是我们时代的精神。那天，我同那位作者及大夫们约好晚饭后再好好谈谈。岂料，大夫们下班晚，还没吃完晚饭，前院门诊抬进了一个从几十里外的沙坨赶来的蒙古族重患，两眼翻白，满头冷汗，青年大夫们放下饭碗赶忙换上白衣，操起听诊器跑去，经诊断，是肠梗阻，需立即手术。他们就在黄土平房的手术室，无正常消毒条件也无取暖设备的情况下进行手术。我和那位作者也在棉衣外罩件白大褂，走进手术室。我手举着一个约百度的大手电筒，为他们照明。窗外寒风吹着电线呜呜响，室内紧张的我大气不敢出，只有被打过麻药的患者发出异常粗大的呼呼喘气声，还有银光闪闪的刀、钳碰击声，床下盆里纱布、药棉鲜红一片，真感到似"刀光剑影，浴血奋战"。这不禁让我想到白求恩大夫在抗日前线救死扶伤那一幕幕动人的画面。深夜，"战斗"结束，患者被安静地推进病房。他的妻子双膝跪倒在地，向大夫们真诚道谢："救命恩人，救了全家！救了穷苦人民！"我急忙扶起她，不禁热泪盈眶。

我们洗手脱衣回屋后，夜已过半。我同大辫子满族女大夫同屋，炕炉早已熄火，被窝冰冷，我身穿毛衣躺下睡不着。不久，天现鱼肚白，有人急敲窗说，有电话通知，请女大夫赶紧去市里开会。她慌慌张张起床，我们匆匆穿衣出屋。经细打听方知，她已被提名为全国人大代表候选人，到市里报到后还要到省里开会，可能还要去北京，让她做好一切准备。这时大家又惊又喜，手忙脚乱，不知为她准备什么。我想，人民代表来自人民，人民代表为人民，知民意者得民心，善学习者勇创新。我不由得又想到开国上将宋任穷的阜新之行……

人民网《宋任穷同志生平》一文中有这样一段："1978年12月，宋任穷任中共中央组织部部长后，到1982年年底，基本上完成了'文革'中被立案审查的230万名干部的复查平反工作……他坚定地执行党中央关于干部队伍'革命化、年轻化、知识化、专业化'的方针，选拔了一大批符合'四化'方针的年轻干部走上各级领导岗位……做了大量卓有成效的工作。"

至今，我家中仍保存着宋任穷亲笔题写的条幅："学而时习之"。

为张闻天、刘英补赠寿礼

　　新世纪第一个国庆假日，我在北京。我的老上级，时任中俄友好协会副会长、中国国际战略学会高级顾问的何方同志让我在京多待一些时间，以便 10 月 14 日我们一道去为张闻天的夫人、老外交家、老红军刘英祝贺 96 岁寿辰。他说张闻天、刘英过生日一向简朴，就是请秘书、司机一道吃顿便饭，他是老秘书，一定参加。我是辽东出来的，又去过她家，一定欢迎。

　　我说：很遗憾，我正在筹备第六届亚洲儿童文学大会，重任在肩，不敢久留，待明年 8 月我们的会开完，我一定来京，一道去祝寿。未料，转年 9 月，我便接到讣告，敬爱的刘英大姐与世长辞了。何方同志也深感遗憾，他说："你不是说过刘英大姐的经历很传奇吗？写篇文章吧。我写忆张闻天，你写刘英，算作我们为他们补送的寿礼吧！"

日月如梭，转瞬刘英百年华诞，我正在故乡丹东。站在锦江山下张闻天夫妇曾住过的日式小楼及当年我曾在此听过张闻天讲课的市委办公楼前，浮想半个世纪前的岁月，如银练似的鸭绿江水波涛闪亮、不息流淌。我默默地

张闻天同夫人刘英在延安

向刘英和张闻天同志深深地敬祝，静默，缅怀……

新中国成立前后，张闻天曾任辽东省委书记，刘英是省委组织部部长。而我只是辽东省文联一个小编辑，按理说同省委书记八竿子打不着，但是大家都知道这位风度儒雅的省委书记原是文人，20世纪20年代在上海发表过《飘零的黄叶》《旅途》等长短篇小说、散文，化名洛甫。文学大师茅盾曾于1980年在《人民日报》发文称："张闻天同志不是因为后来走上职业革命家的道路……他可能在中国新文学运动的历史上占一席之地。"1935年遵义会议后，他接替博古担任党的总书记。党的六届六中全会后，他辞去总书记一职。他来辽东省后曾给文艺界开过座谈会，强调文艺要为工农兵服务，要掌握艺术规律，要扎根人民、深入生活，要多读书。他说有位作家叫马加，由延安来到东北，找他要求到农村搞土改，他很支持马加，还送给马加一支手枪。马加在下边踏踏实实干了两年多以后，写出了一部很好的作品……对这样不空泛、不教条的讲话大家都感到亲切。那时我曾到作家雷加任厂长的安东造纸厂去协助办文化夜校，雷加说过，1938年4月延安鲁迅艺术学院（后更名为"鲁迅艺术文学院"）成立时，张闻天以总书记兼宣传部部长身份，为鲁院题词："认识大时代，描写大时代，在大时代中生活奋斗，站在大时代前卫为大时代服务——这就是当代文艺家的使命。"担任辽东省委书记的

张闻天也曾多次来到安东造纸厂搞调查，推动了全省工业战线的"创造新纪录"运动，使造纸厂成为全东北的先进企业。我还听报社一位记者说过，有一个星期天，安东县委于书记正坐在屋里看苏联作家肖洛霍夫的《被开垦的处女地》，突然隔窗望到省委书记进了院，他赶忙把小说藏到枕下，怕书记看见说他不务正业。当时张闻天只同夫人刘英搭乘鸭绿江上一条小渔船来到这里，因为他在报上看到这位县委书记写了一篇有关农村工作经验的短文，特来看望。谈过工作后，他从枕下抽出那部小说，说：有空看看文学作品很有好处嘛，这里是写苏联合作化运动，将来我们中国也要搞合作化，可以借鉴些经验教训。他还向县委书记借了两本苏联小说，也没留下吃午饭，夫妻两人又搭乘小渔船沿江返回安东（辽东省省会，今丹东）。

1984年，我为搜集妇运史资料来到北京南沙沟刘英家。进入正式话题前，我先向刘英讲述了自己深刻记忆的以上几件事情。她哈哈笑着说："你这小鬼，记忆力真好。去安东那天是周日，我们俩在鸭绿江边散步，遇上个渔船，就搭船到县里去了。你看，到那里了解了下情况，观赏了鸭绿江两岸的风光，还听船老大讲了从前鸭绿江放木排、闹水灾一些逸事，过了一个多有意义的星期天啊。"

我告诉她，辽宁作协主席马加曾向我们说过，1946年他下乡搞土改前，张闻天同志还送他一套军服、一支日本造的"王八盒子"手枪。马加在一篇自述中还具体写到张闻天同志同他的亲切谈话："我们要在东北站稳脚跟，主要是争取农民群众。现在土匪很猖狂，工作很艰苦，要依靠群众，还要进行武装斗争，注意安全……"

刘英说："对、对，那时重庆谈判破裂了，我们和国民党争夺天下，要建立东北根据地嘛！当时我是组织部部长，派马加同志到县里任土改工作队副队长、他夫人留在佳木斯任区委书记是经我办理的。他们都干得很好。以后，马加写出了两部小说，我都看了，很有历史价值。《开不败的花朵》在苏联和蒙古国都有很大影响。"

由此话题，刘英畅谈了从北满到辽东惊心动魄的斗争经历，谈到了他们离开辽东后赴苏联，在外交战线上的风风雨雨，又谈到她年轻时做少年及妇女工作的故事……

刘英，原名郑杰，湖南长沙人。她于1924年冲破封建家庭的千拦万阻进入徐特立创办的长沙女子师范学校，1925年秘密加入中国共产党。她一直在毛泽东的密友郭亮、李维汉等人领导下做青少年和工人运动工作。刘英说，郭亮是她做群众工作的第一个老师，郭亮常鼓励她："革命要大胆，莫怕，湘妹子就是不怕辣嘛，但也要学会机智。"郭亮同湖南军阀赵恒惕斗智的故事，以及二七大罢工时带头卧轨挡车的英勇行动，受到湖南人民的交口称赞。他被敌人杀害后，头颅被挂到长沙司门口示众。鲁迅在《铲共大观》一文中为之愤愤哀痛。郭亮的亲密战友林蔚是刘英的爱人，他们新婚不久，党组织派刘英去上海汇报工作。她辗转一个多月到达上海，接上关系后，方知她的丈夫被刽子手杀害了。1929年，她含着满腔的悲愤，长途跋涉半年到苏联进入莫斯科共产主义劳动大学，后又被派往无线电学校学习。四年后，刘英被派回国到苏区瑞金。这时她才同久闻、久仰的老乡毛主席相见。

毛主席对这个秀气的小个头湘妹子早有耳闻，称她口齿伶俐、活泼开朗、文笔好，是做青少年工作的一把好手，不要她搞无线电技术，任命她为少共中央宣传部部长，后又兼组织部部长，是红军里少年工作的领头人。她到群众中去，组织少年赤卫队，搞"扩红"，很快打开局面。毛主席告诉她不要讲湖南腔，要熟悉江西老表的语言和生活习惯，还鼓励她工作中不忘学习。一次毛主席问她："'不是东风压倒西风，就是西风压倒东风'，这句话是谁说的？"

刘英想想答："是《红楼梦》里林黛玉说的，《葬花吟》我背得，'一年三百六十日，风刀霜剑严相逼'。"

"对，就是这位苏州姑娘说的啊！"毛主席又问，"《红楼梦》里你喜欢谁？"

"当然是林妹妹。"刘英答。

毛主席摇摇头说:"我看还是贾宝玉,他藐视仕途,反抗旧礼教,有叛逆精神,是革命家哩!"

从小就喜欢读古书、爱学习的刘英,经毛主席点拨更觉得学习文化知识和实践知识重要了。她尽力同江西老表交朋友,共同车水、插秧、扶犁、拔草,在劳动中搞宣传,超额完成了组织少年赤卫队和"扩红"的任务。对此,苏区的《红色中华》报,头版头题给予了表扬。邓小平见了刘英也伸出大拇指:"湖南辣妹不鸣则已,一鸣惊人哩!"

1934年10月,第五次反"围剿"失败后,红军进行战略转移,开始长征。正值秋雨绵绵,长征队伍离开瑞金于都,在山野里日夜兼程向西挺进。为防敌机空袭,夜里不打火把,深一脚浅一脚的,脚常常陷在烂泥里拔不出来。有的战士困乏已极,行军途中站着就睡着了。有人脚烂了,用布包包,坚持走。刘英带着干辣椒,困极了,就放在嘴里干嚼。她将自己的炒米分给饭量大的战士吃,不断鼓励大家一定要咬牙坚持到胜利。

1935年1月15日到17日,在著名的遵义会议上,张闻天首先发言批判了博古和李德的错误军事路线,接着毛泽东、周恩来、王稼祥、朱德等都做了重要发言。会上一致推选张闻天代替博古为党的总书记,毛泽东同志负责领导军事工作。遵义会议后,红军形势大有好转。刘英被调到中央直属队,代替邓小平任秘书长。领导们开会,她负责记录,张闻天送刘英一支从苏联带回的钢笔。张闻天在长征路上一直坚持记日记,刘英做会议记录后,常常同他核对,再整理存档。她还负责管理领导们的生活和警卫。长征中毛主席的头发老长,到遵义后她催毛主席理发,毛主席说等胜利以后再办。刘英又说:"这回打下城市得了战利品,我发给你两条毛巾,洗脸、洗脚分用,要讲讲卫生哩。"毛主席风趣地说:"手、脚、脸不能分家哟。"在遵义,刘英从一个教堂里弄到一些炼乳、可可、白糖,张闻天、王稼祥这些留过洋的人非常高兴,打开瓶子就煮上了。刘英送给毛主席一碗,毛主席摇摇头说:"中药味,我不喝那洋玩意儿,喝土茶蛮好。"在遵义休整时,刘英检查纪律,看到已被批判撤职的军事顾问李德正在房东家吃鸡喝酒,醉醺醺的。刘英上前批评了他,他大喊大叫,刘英听得懂俄文,是骂她的话。刘英心想,你这个人高马大的洋人,不把我这个中国小女子放在眼里,休想!她跷起脚,指着李德鼻子狠批。李德气急,掏出手枪,她上前一步面对枪口,瞪大两眼直视李德。李德后退一步,举枪向天空啪啪放了两枪。王稼祥闻声赶来,用更熟练的俄语讲了一番道理,李德无奈向这个小个子中国女人深深弯下他高大的身躯。

在遵义,几位中央领导住在黔军旅长的房子里,很宽敞。一天,张闻天在屋里生了一盆炭火,煮了一小盆醪糟,请刘英来吃。刘英到苏区后还从未尝过这美食呢,他们边吃边谈,张闻天向她表示了爱意。早在莫斯科学习时,刘英就听过在苏联红色教授学院深造的张闻天讲课,对他的渊博学识很钦佩。张闻天也很喜欢这位聪明活泼、学习刻苦、娇小美貌的女学生。回到苏区,张闻天一见她便喊着她的苏联名字——尤克娜,问她剩下多少洋元,打趣说他们要打她"土豪"。刘英马上拿出回国路上剩余的路费,请大家进城美美吃了一顿炖豆腐、红烧肉,留下一元钱则给邓颖超大姐买了一双雨鞋。

一次夜行军,刘英和张闻天骑马并辔而行,张闻天的马鞍前还挂着小马灯,刘英觉得很有诗意,说:"有了马灯,夜行军一点儿也不困不累了。"张闻天寓意深长地说:"似流萤(是刘英)吧!"刘英心领神会,她沉思半响,向张闻天表明:"五年之内,我不结婚。"因为她亲眼看到长征路上女同志怀孕生孩子后,就像扔一块石头似的,把孩子包好写上出生年月日便放在路边,女战士眼泪汪汪,心如刀绞。所以刘英下定决心:长征不结束不结婚。1935年10月19日,红军胜利到达陕北吴起镇。在瓦窑堡,张闻天分到了一孔很不错的石窑洞,大家把刘英的行李搬到这个窑洞里。毛主席前来道喜祝贺,要他们请客。文质彬彬的张闻天只笑不答,刘英嘴快,说:"我们一分钱没有,拿什么请啊?"

毛主席说："不请就不承认你们的婚姻。"想想又说："我也没钱请你们，我送你们一首打油诗算祝贺吧！"

刘英已忘了原诗句，只记得大意是：你们的爱情，比长征路还长，是马拉松式的绝美的东方爱情。

那时张闻天还是党中央的总书记，中央的很多会议都在他们的窑洞召开。刘英可旁听，又是记录者。在这窑洞里，诞生了具有历史意义的"瓦窑堡会议决议"。在这里，一致决定派冯雪峰化名回上海，加强同宋庆龄、鲁迅、茅盾等文化名人的联系，建立党的另一条抗日统一战线。在这里，研究决定刘少奇化名到北方局开展工作，先潜入天津，开展救国抗日战斗。在这里，他们常同经千难万险从共产国际汇报归来的潘汉年彻夜长谈；刘英还特搭一小木板床，让潘汉年一同住在这石窑洞。以后，潘汉年便从这窑洞走出，去上海开辟另一番天地。也就在这里，刘英因日夜操劳，大病不起。

西安事变后，1937年冬，中央决定让刘英同受过重伤的钟赤兵等同志经西安、乌鲁木齐到苏联去治病。

在苏联，经一年多治疗和休养，刘英的身体恢复得很好。1939年年初，刘英回到延安。

1938年5月，延安成立马列学院，张闻天兼任院长。9月，党的六届六中全会召开，张闻天主持会议，致开幕词后宣读了包括瞿秋白、在内的90位党内外革命烈士名单，向他们默哀、致敬。六中全会闭幕，张闻天正式辞去了总书记职务。1945年8月，日寇投降，抗战胜利，张闻天、刘英夫妇主动请缨到东北，在合江省工作。东北全境解放后，他们又来到辽东省。

刘英回忆，庐山会议时，张闻天是中央政治局候补委员、外交部常务副部长。当时，他参加华沙条约外长会议回国休息，自己去了庐山。在华东小组会上，他有个八九千字的长篇发言，同彭德怀的论点相似。他还说，毛主席常说，要敢于提不同意见，要舍得一身剐，不怕杀头。但是人总是怕杀头的，这就要领导者营造一种氛围，使得下面敢于发言，形成生动活泼、能够自由交换意见的局面。结果，张闻天被戴上了"右倾机会主义分子""彭、黄、张、周反党集团"帽子。

张闻天从庐山回来，刘英埋怨张闻天："你搞外交工作，不熟悉国内情况，发什么言呢？"张闻天说："古人韩愈有话'物不得其平则鸣'，心里有话能不说吗？共产党员就应

张闻天同夫人刘英庐山会议后合影

该讲真话，如果都不敢讲，我们的国家和党就可能出现斯大林当年的错误。"

张闻天夫妇从事外交工作三十多年，但对国内经济一直很关心。在"大跃进"、大炼钢铁时，外交部也和有的部一样，搞了个小高炉。张闻天立即制止，说，不能赶浪头，小高炉浪费人力财力，不能不务正业。他还抽暇和刘英一道去华东和东北搞调查，对"浮夸风""共产风"提出了批评和改进意见。张闻天说，即便没有庐山会议，他也要讲话的。

就是因为坚持共产党员的秉性，讲真话，"文革"的邪火最早烧到他们的头上。1966年8月9日，张闻天被批斗，之后在北京的万人大会场陪彭德怀挨批斗。他患有高血压、糖尿病等多种病症，多次昏厥，但是仍然坚持真理，不伤害任何同志。造反派硬逼他承认庐山会议发言的后台是陈毅，他严词拒绝，说："我有自己的脑

子。"造反派在调查所谓"六十一人叛徒大案"时，逼他承认是刘少奇指使。他深知此事是经过当时党中央集体决定的，是抗日统一战线的需要。但他不愿牵扯更多人，硬说是自己的决定。造反派一边欢呼又揪出个叛徒头子，一边又批他是刘少奇的死党。他们夫妻被长期关押后，又被遣送到广东、江苏小县城，而且不许露真姓名。直到1976年，粉碎"四人帮"前几个月，张闻天逝世，刘英送个花圈，只能写老张同志，不许写真名。刘英悲愤、痛苦，喊天不灵，默默深记：1976年7月1日，正是党的生日那天，曾任过党的总书记的张闻天，同全党同志默默告别……没留骨灰，没留真名，没有讣告，什么也没留下，这也正是他一生的真实写照：追求真理，坚守信仰，不为个人利益，只求人类解放。他在重病时曾同刘英商量，如果他们以后补发了工资，全部交纳党费，自己不留分文，而且还要求刘英写下字据（此字据现已存档）。他们没有任何财产留给后人。张闻天在外交部工作时，精简机构，他首先将自己的女儿下放到外地工厂当工人，后又将儿子送到新疆农场劳动。直到我访问刘英时，他们的儿子还在遥远的农村，已经到了退休年龄，只有一个外孙女陪伴在外祖母身边。

这就是曾经的党的总书记、党的重要领导者，和任过中国少共早期领导人的一对老夫妇、老红军、老共产党人。他们的后代没得到他们的任何物质遗产。但中国的青少年、人民群众却从他们一生为追求民族独立、人民解放而顽强不屈、无私奋斗的精神中，从坚守信仰的光芒和力量中，薪火相传，汲取力量，为中华民族伟大复兴发挥更加灿烂辉煌的光和热。

奋然而前行

——忆念革命妈妈赵君陶

　　鲁迅先生的《纪念刘和珍君》一文，最后一行字是"苟活者在淡红的血色中，会依稀看见微茫的希望；真的猛士，将更奋然而前行"。

　　20 世纪 50 年代，我在北京文研所学习，鲁迅先生的知友孙伏园先生为我们讲课，他曾动情地讲过《纪念刘和珍君》一文及三一八惨案。那是 1926 年，段祺瑞政府枪杀反对日本帝国主义干涉中国内政，要求民主、自由、独立的游行示威群众，死亡者 40 余人，伤者百余人。在血泊中牺牲的刘和珍和杨德群等是就读于国立北京女子师范大学的学生，是鲁迅的弟子。鲁迅悲叹"惨象，已使我目不忍视了！""我目睹中国女子的办事……百折不回的气概……至于这一回在弹雨中互相救助，虽殒身不恤的事实，则更足为中国女子的勇毅，虽遭阴谋秘计，压抑至数千年，而终于没有消亡的明证了"。鲁迅的夫人许广平女士是刘和珍要好的同学，是这次游行示威的积极参加者。许广平和鲁迅先生就是在这个时期相识、相爱的。孙先生还说，另外还有一位她们要好的同学，更是这次运动的积极参加者和组织者，她就是共产党的早期领导人赵世炎烈士的胞姐，是中共地下党员，还是缠过足的小脚女大学生。

孙先生的介绍使我疑惑：北京的大学里还有小脚女生？还是共产党员？这该是什么形象？怎样发挥党员骨干作用？

20世纪80年代初，我承担整理妇运史资料的任务，手里有一批革命老大姐的名单，其中有一位是原北京化工学院副院长、1926年入党的党员，名赵君陶，是革命先驱赵世炎的妹妹。我立即想到鲁迅的《纪念刘和珍君》，想到三一八惨案，想到女师大的小脚女共产党员，我决定先去拜访她。按地址，我先找到了她的女儿李琼。原来她是国务院副总理李鹏的妹妹。她很热情地带我到安定门帽儿胡同的家里，她说她母亲现住北京医院，她回家烧点儿鸡汤，然后再带我去医院。说话间，走进一位高个、秀气的中年女士，进屋便喊："赵二姐，革命妈妈！"经介绍，她是翻译家、作家叶君健的夫人苑茵。她们在重庆相识，是老朋友，今天特来探询赵二姐的病情。得知我的来意后，她便热情地向我讲起被她称为"革命妈妈"的赵二姐及其家人的故事。

赵家是四川酉阳人，兄妹九人，赵二姐是老九，原名赵世萱，五哥叫赵世炎，姐姐叫赵世兰。原来刘和珍的同学小脚共产党员是被称为"赵大姐"的赵世兰。

赵世炎从小刻苦读书，15岁便考入北师大附中，不久便结识了李大钊同志。1919年，18岁的赵世炎参加了李大钊发起的少年中国学会，参加五四运动，被选为学生会总干事。他以"五四精神"动员在家闭门苦读的姐姐赵世兰剪辫子，放足，走出家门，到北京上学。

1920年，赵世炎赴法勤工俭学，同船的还有同乡好友刘伯坚及青年诗人萧三等。到达法兰西后，他们同先期到达的蔡和森、王若飞、李立三、邓小平等组织成立了宣传马克思主义的华工劳动学会、工学励进会、流动图书馆等，边打工，边学习。1920年，法国共产党成立，由胡志明（当年名为阮爱国）介绍他们参加法共活动。1922年，他们同旅德的周恩来、旅比利时的聂荣臻等共同研究，成立旅欧中国少年

赵君陶（左）同赵世兰（右）读大学时

共产党。赵世炎被选为书记，周恩来、聂荣臻等负责宣传、组织工作，刘伯坚为旅欧支部负责人。1925年，同国内联系后，改名为"共产主义青年团"。赵世炎边领导工作边办报，他白天打工，晚间回来直接在蜡版上刻写稿件，深夜油印，第二天一早便向社会散发。大家称他为文武双全的"杰聂拉尔"（"将军"之意）。1923年，赵世炎奉命去苏联学习考察。1924年回国，在李大钊主持的北方区党委领导下，出任北京地委书记。1926年，奉命到上海后，同周恩来等同志合力组织、领导了第一、第二次上海工人武装起义。1927年3月的第三次上海工人武装起义，是聚集了80余万人的总同盟罢工。赵世炎亲临闸北区前线指挥，经过两天一夜30余小时的激烈战斗，消灭了反动军队，占领了全上海。武装起义取得了震惊中外的伟大胜利，在中国历史上留下光辉一页。

　　1927年，蒋介石发动了四一二反革命政变。赵世炎于上海被捕，

7月19日英勇就义，年仅26岁。赵世兰和同志们偷偷掩埋了赵世炎的尸体，擦干眼泪，在白色恐怖中继续战斗，后到达延安。"文革"中，赵世兰遭康生诬陷，被撤销煤炭工业部机关党委书记职务，挨批、挨斗，含冤逝世。留下遗嘱：渴望尽早恢复党籍。她将手中积攒的8000元人民币全部交纳党费……

苑茵喃喃地说："现在赵二姐最大的心事，就是要给她姐姐赵世兰尽快恢复党籍。她们永远是真正的共产党员！"

中午，我们吃罢李琼做的素面，去了北京医院。

君陶老人虽已满头白发，脸庞消瘦，但两腮红润，握手有力，说话声音洪亮，不像80多岁住院的病人。我问她身体健康状况如何，她连连点头说："蛮好蛮好。我想早早出院呢。"

我说，在医院安安静静的，请女儿帮您写写回忆录吧。老人摇头说："要不得，要不得，我就是个普普通通共产党员，没啥子可写哟。"

在我不断提问下，老人开始讲述她在武汉等地跟随蔡畅大姐做妇女工作及在成都、重庆跟随邓颖超大姐担任战时保育院院长、救抚难童的经历。正说着，敲门走进两位年轻人，一位身穿蓝色工服，一位身穿褪色军装，进屋同声喊"奶奶"。显然是她的两个孙子。他们问过奶奶病情后，一一向奶奶汇报自己的学习和工作情况，然后递过一篇论文请奶奶过目。老人戴上老花镜，仔仔细细阅读后很高兴，鼓励几句后又严肃地说："技术问题我不懂。我倒看出有的语句不大通顺哩！学工也要好好学文。你们舅公10多岁时能诗能文，还能翻译。你们要像他那样下苦功夫学习，可不能马马虎虎过日子哟！"

说着，她从自己背后包里的一个夹子中抽出两张发黄的薄纸，说："看看当年你们舅公在法国喝着凉水、吃着干面包写的文章，不打底稿，在蜡版上一笔一画地刻写，你们得学习这种真功夫哩！"

两个孙子静静地听奶奶讲那过去的事情，还不住微微点头。

一会儿，她又从大夹子里抽出两页复印的毛笔小楷信件给我看。

一页是她丈夫李硕勋给她的遗书，另一页是朱总司令在竖格信纸上亲笔书写的对烈士李硕勋的介绍，上写："李陶（即李硕勋同志）四川庆符人，中国大革命时的共产党员。曾参加一九二七年的八一南昌起义，进兵东江，后奉党命调广东工作，赴琼崖策划游击战争，不幸为反革命当局捕杀。硕勋同志临死不屈，从容就义，是人民的坚强战士，党的优秀党员。他对革命的功绩永垂不朽！"

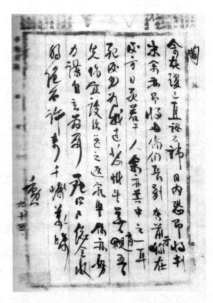

朱德同志对烈士李硕勋的介绍，刊于 20 世纪 50 年代的《新观察》杂志

我默默读着朱总司令重似千斤的介绍和烈士的遗书，思起我在海口拜谒过的刚刚建起的李硕勋烈士纪念亭，思起鲁迅先生的名句：真的猛士！

李硕勋也是自幼刻苦读书，中学时参加五四运动后，走出宜宾，来到成都，接受吴玉章的革命思想影响，组建了四川社会主义青年团。1923 年考取了上海大学，1924 年加入了中国共产党。在担任全国学联主席时，听取来自北京的赵世兰关于北京女师大及北京学生运动的汇报，从而结

李硕勋就义前给夫人赵君陶的遗书

识了刚由北京到达上海的赵世兰的妹妹赵君陶，两人相识、相恋。

赵君陶同李硕勋于上海结婚留影

以后，赵君陶也就读于上海大学。1928年10月末，他们的儿子诞生。这时，李硕勋已由全国学联主席转任浙江省委常委、军委书记，后又投笔从戎，到部队做政治工作。1927年8月1日，他参加八一南昌起义。1929年年初，朱德派他到上海去汇报工作，他方才见到了已半周岁的儿子，高兴得立即给儿子取名。按家谱辈分，儿子排"远"字辈，故取名"远芃"。赵君陶立马吟诵一句白居易的诗："万心春熙熙，百谷青芃芃。""芃"为草木茂盛之意。后来，赵世兰又给她喜爱的这个外甥取一乳名"兰兰"，借古诗"宁为兰摧玉折，不作萧敷艾荣"之意（李鹏12岁由重庆到延安时，同路的教育家蒋南翔提议给他改名为"李鹏"）。

1931年，时任党中央政治局常委、负责广东和香港工作的蔡和森被捕，凶残的敌人将他的四肢钉在墙上，用锋利的刺刀一刀一刀划破他的前胸、心脏……英雄倒下，未竟的事业急需后人、猛士接任，党组织紧急决定，由年轻得力的李硕勋到广州任中共两广省委军委书记。他以蔡和森之宁死不屈的大无畏精神踏上征途。在广州，李硕勋迅速开展了军事游击活动，准备将革命火炬于海南琼崖熊熊燃烧。1931年，李硕勋单枪匹马去海南主持召开军事会议，不幸被捕，慷慨就义。临刑前，为妻子赵君陶留下遗书：……余亦即将与你们长别，在前方，在后方，日死若干人，余亦其中之一耳。死后勿为我过悲，惟望善育吾儿……

当时，赵君陶还怀有4个月的身孕。出生后的女儿李琼及长其2岁的哥哥李鹏均不知父亲什么模样、身在何方。妈妈忍泪回答："爸爸去英国留学了。"日久天长不见音讯，兄妹再问，妈妈又说："现在英国和德国打仗了，等打败日本鬼子，打败法西斯，我们就胜利团聚了……"

我怀着沉重的心情离开北京医院。第二天，李琼带我专访了赵君陶在四川的学生高梅。

高梅以敬佩的口吻向我介绍，当年赵君陶老师穿一身黑服，怀抱女婴，手牵男娃，在上海东躲西藏。组织考虑再三，决定送他们母子回四川老家，那里还有亲属可求得照顾。

赵君陶母子回到四川，得到了赵家哥嫂的帮助。她不忍心再给哥嫂添麻烦，便自己出去找了教师工作，三人独居，粗茶淡饭。夏天蚊虫多，两兄妹被叮咬得满脸鼓红包；冬季，孩子手脚满是冻疮。懂事的兄妹从不叫苦，只眼巴巴盼着留学英国的爸爸早日归来。独自为战的赵君陶还要不断冲破敌人的侦缉，不断迁移，不断和反动政客们斗智斗勇……

这位孤胆女战士，在茫茫迷雾中避礁劈浪，坚持航行，终于看见了闪闪灯塔。七七事变全国抗战爆发，国共第二次合作，周恩来同志到重庆建立八路军办事处，邓颖超大姐找到了赵君陶母子，安排她担任战时保育院院长，送李鹏读了育才小学。

赵君陶和一双儿女

　　高梅以自己亲身的革命经历告诉我："赵君陶老师是我们很多同学的革命引路人，是杰出的教育家，是伟大的母亲、革命妈妈。她从办保育院到教小学、教中学，一直到教大学，呕心沥血，兢兢业业。为创办北京化工学院，她抱病上阵，几顾茅庐，招贤纳士，仅筹备半年便开学上课。为保护被批判的专家、教授，她不怕遭难，挺身为其辩护。人们都说她敢说真话，不怕邪。嘻！人家的亲人都为革命献出了生命，她还怕什么？"

　　我第二次去北京医院看望君陶老人时，正巧她的孙女小琳来看望她。这女孩白衣蓝裤，秀发披肩，温文尔雅，亭亭玉立。她给奶奶送来自己做的四川酒酿，还有一包邓颖超奶奶送的礼物。她故意不开包，让奶奶猜。奶奶笑着说："不管是啥子，见了邓大姐的礼物，我的病就好三分喽！"原来，这是一包红玛瑙似的又圆又大的水灵灵的红樱桃，在水果稀少的仲春季节，显得那么珍贵！它饱含着邓大姐的一片深情厚谊！君陶老人猜定这是西花厅前周总理和邓大姐亲手栽培的樱桃树上结下的果实，她非常感激邓大姐的心意。她精心地摘下几枚樱桃给我和她的孙女小琳品尝。孙女不尝，说："一定甜，一定甜！"老人笑着，给我讲了个小故事：

　　去秋她病重，邓大姐托李鹏捎了十个刚收摘的大红柿子送给她。李鹏先带到家，孩子们要洗了吃，爸爸说明了来历，孩子们郑重包好。送到医院后，奶奶又选出三个最大的捎回来让孩子们尝鲜。结果李鹏家请来的一个安徽小阿姨，看到来自中南海的大柿子很觉新奇，李鹏便送给她了。君陶老人向我说："让人民尝鲜，要得，要得！"她告诉我："从前我生病，李鹏三两天就来看望，以后一个星期一来，现在呢，半个月也来不上一次喽！我想他，惦念他，但只要他心里装着人民，为国为民忙碌，我老妪足矣！"这位病中母亲吐出的心声，表露着对儿孙的挚爱，更蕴含着浓重的热爱祖国和人民的感情！这位颇具岳母之凛然正气的刚毅老人曾给家里人立下一条规矩：任谁都不得干扰李鹏的工作。一切亲朋的来信来访均由家属负责处理，不给李鹏增添麻烦。自李鹏任副总理后，不少八竿子打不着的亲属都找上门来，有的诉冤告状，有的叙家谱、求办事，她统统给挡了驾。她说："我们家做了分工：凡李家亲朋的事，由他妹妹回信答复；赵家系统的事，我管；李鹏岳父家的事，由他夫人负责。真属冤案，速转地方政府处理；批评建议，让李鹏过目；求情办事，我们说服教育。确有经济困难者，我给帮助。副总理是人民的公仆，绝不当亲属代言人。我姐姐赵世兰是我革命领路人，'文革'中我们同受迫害，她含冤死去……"

说到姐姐，她眼中闪出泪花，低声吟出：

> 依依相伴少小时，
> 识字学画如我师，
> 同怀兴亡天下事，
> 红旗下见姐妹枝。
> 三座大山压人头，
> 投身血雨腥风中，
> 险滩狂浪泰然渡，
> 几番风雨未覆舟。
> ……

君陶老人吟罢，又将她手书的《忆赵世兰姐姐》长诗条幅送我，此时，机灵的孙女小琳向奶奶递上一枚红樱桃，笑说："品尝品尝，甜甜的哩。"

老人领会了孙女的心意，笑了，说："这甜东西留俩给小虎尝尝吧。"说罢，转头向我小声说："我孙女有男朋友喽，蛮好的，就是那个带镣长街行的虎娃子的娃子。"

我明白了，忙说："是刘伯坚烈士的孙子吧？"

"对头，对头。"老人笑说，"你咋子晓得呢？"

我告诉她，我去过刘虎生同志家，他的夫人是苏联女同学。他们的儿子是混血儿，长得英俊、帅气。

"对头，对头。"老人说着，吟起了刘伯坚的绝命诗："带镣长街行，镣声何铿锵……带镣长街行，志气愈轩昂……唉！伯坚就义了，他的夫人也牺牲了……"她指指面前的孙女说："他们是革命第三辈。第一辈都'以死殉主义'了；第二辈刘虎生和李鹏一块在延安长大，又一块到苏联留学；这第三辈能不能做到刘伯坚的遗嘱'诸儿要继续我的志向……'"

"能，能的！"我说着，面向身旁的清秀女孩，她的舅公、祖公全"从容就义""以死殉主义"了，真乃满门忠烈，相信他们会继承遗志、继续前进的！

君陶老人也望着孙女，郑重地说："希望就在他们身上呦！"她又转身握握我的手："你是为孩子编书办杂志的，担子更重，使命更光荣哩！"

不久，我接办的《文学少年》杂志，收到康克清大姐的祝贺信。我手持贺信去看望君陶老人。她手持康大姐的贺信，立马戴上老花镜，以浓重的四川口音大声朗读起来，连说："写得好，写得好！不要辜负康大姐的期望，'兢兢业业为孩子服务'哩！他们是祖国的未来、民族的希望啊！"并嘱告我杂志出版后一定送她。

1985年年底，刊有康克清贺词的1986年新一期的《文学少年》刚刚印出，忽见《人民日报》消息："久经考验的共产主义战士，忠诚的无产阶级教育家赵君陶遗体在八宝山革命公墓火化……"

我沉默，我哀痛，我提笔写一追忆短文，很快于《光明日报》刊发了。今又30年过去了，在纪念建党95周年的可庆日子，我翻出珍藏的这位老共产党员、革命妈妈为先烈题写的条幅和长诗，浮现出这位60年党龄的革命女战士的风雨征程，思起在我党前进的荆棘大道上"以死殉主义"的先辈，他们是为信仰的献身者、理想的殉道者，铸造了民族的血脉精魂。今天，"真的猛士，我们将更奋然而前行"。不忘初心，继续前进！

长白山密林"小抗联"

　　五月，北国冰城哈尔滨正是早春季节，冰河解冻了，树木吐绿了，孩子们像南来的大雁在春意荡漾的街心、庭院，欢快、自由地飞跑，游耍。

　　　　满洲原野，茫茫风雪，
　　　　请你告诉我，
　　　　密密森林，漫漫长夜，
　　　　请你告诉我，
　　　　不朽的游击战士他是谁？
　　　　卓越的爱国者他是谁？
　　　　……

我迎着轻柔的春风走进一座庭院。听到这明快有力的《金日成将军之歌》，我坚信：我没有找错门户，我要拜访的主人一定住在这里！

敲过房门，迎出来的是一位浓眉大眼、身体壮实、50来岁的男子。他自报了姓名，正是我们要采访的东北抗日联军战士焦立新，现在在哈尔滨市公安局工作。

进屋寒暄了一阵之后，我直截了当地问他："什么时候参加的抗联队伍？是不是在少年铁血队？给首长当过警卫员吗？"

他点头说："是的。一直战斗在长白山密林里……"

我请他谈谈抗联的艰苦斗争，我单刀直入的要求使他微笑缄默。他扭头望望窗外。从明亮的窗镜射进的灿烂阳光使窗台上摆着的各式盆景、花卉更加青翠、艳丽，富有生气。而窗外更具勃勃生机的孩子们边做军事游戏，边唱着：长白山，密密森林……

他凝视片刻，向我指指孩子群里那个领唱的大眼睛高个头男孩说："那是我的小儿子。当年我进长白山老林时，还没有他大，是个不懂事的孩子，能干什么呢？"

伴着窗外的歌声，焦立新向我讲述起那子孙万代都不该忘记的长白山密林里的故事：

焦立新家原住在长白山沟里，日本鬼子侵占东北，把山里住户都赶到山下，集屯并户，奸淫烧杀，长白山下常常是一片火海。1937年春，日军又来"扫荡"，血洗了焦立新家前边的村屯。已卧床不起的父亲，半夜里把焦立新等兄弟叫到他枕前，悄声说："我活不长了，你们要找一条生路，不能白白被日本鬼子断了命。孩子们，你们快逃进老林里，找抗日游击队去吧！"

那时焦立新才14岁，是弟兄中最小的一个。焦立新不懂什么叫抗日游击队，但平时常听大人们议论在长白山老林里有杨大队长和金队长，他们率领不怕死的大部队，专打日本鬼子。邻居朝鲜族阿妈妮、阿巴吉，一提金队长就竖起大拇指。他们说金队长小时候就在松花江边念书，写一手好毛笔字，说一口流利的中国话，他是被日本鬼子逼到中国来的。

那时焦立新的两个哥哥都是伐木工人，他们熟悉长白山密林的情况，早想入山。只因焦立新母亲去世得早，70 岁高龄的老父亲久卧病床，他们不忍心将老父亲和焦立新几个弟弟抛弃不管。这天，焦立新五兄弟一起跪在父亲面前，满脸热泪地向父亲表示，他们不能留下病重的老人自己上山。父亲挣扎着坐起来，指指门外瞪大两眼，说："孩子们，你们看看前屯的大火吧，看看那些被烧死、被捅死的乡亲们吧！你们不上山能有活路吗？我已是快入土的人了，不要管我。你们年轻，闯出一条活路来，给我们焦家留下根苗，延续香火，为中国人民报仇雪恨！"

焦立新五兄弟围着父亲大哭了一场，最后，遵照父亲的嘱告，于天亮之前，悄悄离开父亲的病床，流着永别的眼泪，奔向长白山密林……

在深山老林里，焦立新五兄弟找到了抗联的密营。下午，一位同志把他们送到了师部。接见他们的是一位二十五六岁的军人。他身材魁伟，两眼有神，穿着缴获的日军军服，挺精神。他微笑着和焦立新五兄弟一一握手，又一个个问名字、年龄，为什么要离家，怎样找到密营的……大哥、二哥做了详细的回答。之后，他连连拍着大哥的肩头说："你们有这样坚决的抗日决心，将来一定能成为优秀的抗联战士！"

他用很通俗的东北土话向焦立新五兄弟讲了抗日形势和抗战必胜的道理。最后他抚摸着焦立新的脑袋，望着焦立新的四哥，笑着说："你们哥俩还太小了，家里老父亲还病着。打鬼子不能不要父母，尽忠也要尽孝哇！我们把你们哥俩送回家，你们好好照顾老父亲。等你们长大，我们再去接你们，行不？"

焦立新和四哥一听，立时流下了眼泪。焦立新拉着他的手说："你

长白山密林『小抗联』

是好人，我坚决跟着你和哥哥打日本鬼子！"

他给焦立新擦去脸上的泪水，拉着长声说："好吧！硬要留，就留下吧！"他笑着点点焦立新的鼻子："留下就是抗联战士了，可不许哭鼻子、尿炕啊！"

吃过晚饭焦立新五兄弟才知道，那人就是赫赫有名的金日成，抗联一路军第二军第三师师长。一路军总司令是杨靖宇。

金日成是朝鲜人，但一直生活在中国吉林，对长白山山区很熟悉。20世纪初，日本侵占了朝鲜半岛，朝鲜人民奋起抗争，许多爱国者逃亡到中国。1926年，朝鲜半岛爆发了大规模的反日革命运动，在中国的朝鲜同胞也揭竿而起，纷纷组织抗日武装。金日成成为领头人。

杨靖宇是河南人，大革命时，他曾在家乡确山县搞农民运动，创建了鄂豫皖工农民主政府和农民革命军。1929年，中共满洲省委派他担任中共抚顺特别支部书记，来东北后进入辽宁的抚顺煤矿。这里的矿工多为闯关东的山东人，杨靖宇身材高大，口音似山东腔，他同矿工们混得很熟，组织了多次罢工和暴动，狠狠打击了矿务所的日本侵略者。之后，他随中共满洲省委转移到哈尔滨，担任了哈尔滨市委书记。九一八事变，东北各阶层人民自发组织抗日团体，抗日武装风起云涌。1932年，杨靖宇受党中央委托到东北组织、领导抗日活动。1935年8月1日，党中央发出了《为抗日救国告全体同胞书》，即《八一宣言》。中共满洲省委根据这一指示，将遍布全东北的抗日队伍，不分党派、不分阶级和民族，统一改编为东北抗日联军，加强了党的领导，发

抗联游击队

展到 11 个军，杨靖宇为抗联一路军总司令兼政委。

　　"你见过杨靖宇将军吗？"我突然问。

　　"当然见过了。我在金师长那儿住了一天，他就差人把我送到了大山沟里的少年铁血队。"

　　"是不是又叫杨靖宇司令的少先队？"我又问。

　　"对！1940 年 2 月杨司令牺牲以后，人民怀念他，便将其改名。"焦立新接着讲述：

　　少年铁血队是杨司令亲手创办的，目的是把抗联小战士集中在一起，便于训练和学习。

　　焦立新到少年铁血队那天，正赶上杨司令给"小抗联"们开会。他瘦高个，长方脸，讲话嘎嘎的，他见焦立新进来了，就带领大伙拍手欢迎，焦立新吓得赶紧后退。他一把拉住焦立新问："朝鲜沙拉米（人）吗？"因为送焦立新的人是朝鲜族战士，又是金日成介绍来的。

　　焦立新摇摇头。他又问："满族兄弟？"抗联队伍里满族人不少。

　　焦立新又摇摇头，说："俺哥哥都是木把（伐木工），闯关东过来的。"

　　他哈哈笑着说："啊，咱们算老乡了。"他又摸摸焦立新的脑瓜，这一来焦立新觉得他像哥哥一样亲切呢。

　　他给大伙讲完话，又领着大伙唱了一军军歌。后来焦立新才知道，一路军军歌的歌词是他写的——

　　　　　我们是东北抗日联合军，
　　　　　创造出联合军的第一路军。
　　　　　乒乓的冲锋杀敌缴械声，
　　　　　那就是革命胜利的铁证。
　　　　　正确的革命信条应遵守，

官长和士兵待遇都是平等。

铁般的军纪风纪要服从，

锻炼成无敌的革命铁军。

……

焦立新边讲边唱我边记，不由称赞他把歌词记得这样清楚。他说："这些歌都注入我们的血管里了。抗联生活十分艰苦，但歌声不断，特别是朝鲜族兄弟，更喜欢唱歌和跳舞，一唱一跳就来了精神，一切艰难都不在话下。"

接着他又给我背诵了很多抗联的歌词，《义勇军四季游击歌》《游击队歌》《从军歌》《西征胜利歌》及抗战儿童歌谣等。

我边记边说："有些歌我好像听王传圣同志唱过。他现在在辽宁抚顺工作，我采访过他。"

他忙说："王传圣，我认识，他曾是杨司令的警卫员，也叫传令兵。那时他也在少年铁血队。他是河北人，水性好，杨司令常派他过河去刺探鬼子情报，他嘴含一根小竹棍，靠竹口呼吸，潜到水里游多远多深都没有问题。很勇敢。"

我插话："王传圣可能是白洋淀人。他向我讲过，杨司令很重视情报，知己知彼才能得胜利嘛。杨司令很有指挥才能，他有四个'不打'，即：地形不利，不打；不能击中敌人要害、缴不到武器，不打；对当地百姓有大损害，不打；敌众我寡伤亡太大，不打。所以，那几年他指挥一路军打了很多大胜仗。日本鬼子一听'杨靖宇'就胆战心惊。杨司令是被叛徒出卖，才英勇牺牲的……"

我们都沉默了半晌，焦立新又慢慢介绍：

杨司令在满洲省委做过四五年地下工作，被捕入狱，得了肺病。在抗联时肺病犯了。一天，王传圣下河逮住了几只哈什蚂和蝲蛄给他熬汤喝，说是大补。可是他端着汤碗对大家说："东北有三宝，人参、貂皮、乌拉草，还得加上蝲蛄、哈什蚂算真正好，对不？来，

你们一人喝两口，也壮壮身子骨。"大家都不喝，他硬逼着两个体弱的小战士和他一道喝了。他还告诉王传圣，以后带这些

东北军抗日将领马占山为抗联英雄题词

小同志到山里多找些宝，让长白山的林草、动物都参加打鬼子。

焦立新到少年铁血队才半个月，可眼见和听说杨司令的事情，使焦立新很感动。他想，自己一定要好好学习锻炼，有朝一日能像王传圣那样给杨司令当个传令兵。没想到，一个令下焦立新又回到一师给金日成师长当传令兵了。焦立新已经和少年铁血队的小战士混熟了，一天打打闹闹很快乐。到了一师，看到金师长工作很忙，晚间还点松树明子看书，焦立新一个人觉得孤单、烦闷，就想回少年铁血队。金师长看出了焦立新的心思，坐在焦立新身旁问："小五哇，你想什么呢？若是想家了，告诉我，我派人送你回去看看父亲，可别自己偷偷开小差呀！"

焦立新说："你带我回，我也不回呀！你不是常说，不打败日本鬼子，哪有国和家吗？"

"这就对了。来，小五，我教你唱歌。愿意学不？"

"愿意！愿意！"焦立新蹦起来。

他领着焦立新坐到松树下的一块大石头上，教焦立新唱："起来，饥寒交迫的奴隶，起来，全世界受苦的人……"焦立新一听，忙说："我在少年铁血队时听杨司令唱过这首歌。他们说杨司令最喜欢这首歌。他在哈尔滨做地下工作时，常在一位姓姜的，好像叫姜椿芳的人家开会，姜椿芳懂外语，杨司令便跟他学了这首歌。有时开秘密会，他还领大家悄声唱一遍呢。"

金师长告诉焦立新这叫《国际歌》，他说这歌是法国人作的，他又给焦立新讲了法国大革命的故事，焦立新觉得很新鲜，听得很

入迷，比焦立新小时听"长白山棒槌鸟传说""老虎妈子故事"还新鲜，还带劲。焦立新知道了地球那边也有穷人闹革命，于是学得更有劲了。

金师长一边打拍子一边教，看焦立新很快就学会了，而且越唱声越大，他高兴得一把将焦立新提起来转了个圈，说："小五，你真聪明，以后得多教你学习了。不光教你唱歌，还教你跳朝鲜舞……"说着，他两手一甩就舞了起来。他拍拍焦立新的脑袋，又说："还要教你背古诗，认字，练写字……哎呀，要学的东西多得很，把小脑袋瓜装得满满的吧！"

焦立新学着朝鲜话，大声说了一句："草思密达（谢谢）！"

不久，杨司令率领军部人马转移，把少年铁血队留到一师师部，改称"警卫连"，由金师长亲自抓军事训练和文化学习，焦立新也和他们一起学习。

在长白山密林里学文化很难啊，没有书，没有笔，没有纸，只好把字写在地上。密密的森林里不是草丛、灌木、树根，就是石头，很难找到一处能写字的平坦土地，有人把木棍烧焦了在手心上写字，那才能写几个呀。金师长替大家想出个"天然写字盘"。他让每人缝一个小布口袋，下山到河边装满细沙，随身携带。行军走到哪里休息时，就把口袋里的沙子倒出，平平铺在草地上，用细木棍在沙土上练字。如果连续行军没有时间学习，就把难字写在桦树皮上，把树皮拴在前边同志的背包上，一边走路一边认字。他还给大家指定了两位文化教员，一位专教汉字，一位教朝鲜文。

不光学文化，金师长还要大家不断提高政治理论水平，会分析问题，会讲话。他经常组织大家开讨论会，记得第一次讨论的题目是：为什么要打击日本侵略者，这场战争是什么性质？这本是天天挂在嘴边的事，但要讲出道理，大家都感到拙嘴笨腮了。金师长拉着这些"小抗联"围着他坐一圈，先听他讲一遍，然后轮流发言。轮到焦立新时，焦立新结结巴巴的，怎么也讲不流利，大家越看他，他越脸红，越张不开嘴。金师长笑着说："小五哇，你学唱歌学得那么快，谈点儿问题怎么舌头就打卷了？还是你对问题没理解呀！来，我再讲一遍。"

他像给学生上课似的打着手势，举了焦立新和别的战士家破人亡的例子，又讲了很多大道理。那时没有笔和本，就得死记硬背。散会后，他拉着焦立新的手，走到一片僻静的树林，指着一片小松树对焦立新说："这就是我们的乡亲父老，你这位抗日战士向他们讲演宣传吧！一遍讲不透，讲两遍、三遍，接连讲……"

焦立新面对一片静静的松林放开嗓门大讲起来，一遍又一遍，遇到说不明白的问题，就回去问他，比如，日本鬼子什么时候侵占的朝鲜啦，蒋介石为什么不抵抗啦。他听完焦立新的提问，高兴得紧握着焦立新的手连说："好哇！我的小五要成为有思想的战士了！"

他耐心地一一解答焦立新的问题。说到日本侵占朝鲜，他有些激动，自语似的喃喃说："我们三千里江山，有多少爱国志士弃家舍业在国内外为抗击法西斯、收复朝鲜国土英勇奋斗着。我小的时候，母亲就不断告诉我，国仇家恨要永远记在心，高丽人硬骨头，决不让外国鬼子制服我们，一定要挺直腰板站起来……所以我们中朝人民要联合抗日。"他又教焦立新唱杨司令写的《中朝民族联合抗日歌》：

> ……
> 崛起呀，中朝民族！
> 万不要再酣梦。
> 既有血，又有铁，
> 只等着去冲锋。
> ……
> 联合呀，中朝民族！
> 团则生，离则亡！
> 谨防备离间计，

手携手打冲锋!

……

金师长不仅给大家上政治课，教大家学文化，有时还带大家上山挖野菜，采药材。长白山的夏天是很美的，青翠苍郁，山花烂漫，百鸟争鸣。秋天，更是采菜的黄金季节。金师长不仅能识别很多药材，还能配药丸，制药膏。焦立新曾问他是否学过医，他把随身携带的两本医书拿出来告诉焦立新："你学好文化能看这本书，在山里再待几年，你也会通路的。"

金师长说他母亲能看医书，他小时候也有兴趣读，若不是日本鬼子侵占朝鲜，他长大要当医生呢，他愿为人民解除病患和痛苦。现在，只好先解除精神上的痛苦了。不过，在抗联，他也努力救死扶伤。他说过，"你们若是负伤了，我包治"。

这年冬天，焦立新真的负伤了。那是在濛江县（现为靖宇县）攻打六棵松时，日本鬼子加紧"扫荡"，切断了抗联和山下百姓的联系，给养供应不上。长白山入冬早，进入10月就纷纷扬扬下了一人多深的大雪，多数人没有棉衣、棉鞋，脚肿得像馒头，只能用树皮包着御寒。常常三四天吃不上饱饭，夏秋断粮时，还可以用野菜、树叶充饥，大雪封了山能用什么代替呢？朝鲜同志用辣椒面拌雪粉充饥，真是饥寒交迫。这时，师部下达攻打六棵松的命令，因为那儿有日本鬼子的军用仓库，通森林小火车，打胜了，伐木工人能帮助运送战利品。战士们先到离据点不远的森林里隐藏起来，准备夜间行动。

战士们虽然饥肠辘辘，浑身哆嗦，但听说要打鬼子，眼睛都红了，饥寒全忘，劲从天降。子夜刚过，战斗顺利结束。生俘了40多个鬼子，缴获了很多战利品。因为多日饥饿、行军、夜战，过于疲劳，饱餐一顿之后，同志们连雪也没扫，就都倒在雪地上睡着了。焦立新强打精神用雪堆了个围墙，扫干中间的空地，点燃一堆篝火。

在银冰白雪的世界中，红红的火光给人以温暖、力量和希望。如果在火堆旁甜蜜地进入梦乡，那该多么温暖、幸福啊！可焦立新不敢睡，因为金师长一直睁圆两眼聚精会神地看地图。焦立新催他几次，他嘴上答应着却总不动身。焦立新静卧在雪堆旁不觉打了个盹，突听身后叭叭响起了枪声。焦立新睁大两眼，大喊："有情况！"

金师长还稳坐泰山，专心致志地看地图。

忽听哨兵大声报告："敌人爬过来了！"

焦立新忙站起来一看，果然有几个披着白保护装的敌人爬到了雪堆旁，焦立新立即把金师长往旁边一推，右手拔出手枪打了几枪，只听嗒嗒嗒一阵机枪响。金师长猛地站起来要指挥战斗。

"危险！"焦立新的话音刚落，机枪便向我方吐了火舌，焦立新急忙用身子挡住已站起的金师长，同时向敌人连发数弹。突然，焦立新感到手腕一震，胳膊耷拉下来，鲜红的血顺手指流了下来。金师长迅速给焦立新包扎好伤口，命令传令兵将焦立新背下去……

当焦立新苏醒过来时，金师长一边给他喂水，一边摸着他的头说："小五，战斗又胜利了，我们缴获了好多武器和战利品。这一仗打得太值得了。我给你两梭子子弹，你要练习机枪射击喽！"

焦立新点点头。焦立新早就想练射击了，就是没有子弹。焦立新急问："金师长，我的伤多久能好？""快！"

下午，金师长把焦立新的哥哥找来了。见到哥哥，焦立新流了泪。

金师长说："勇敢的战士还流咸水吗？我们要为胜利高兴呢！"

金师长同焦立新的哥哥在一旁商量一阵后，哥哥对焦立新说："部队补充了装备，很快要转移了。伤病员一律留下治疗。金师长问我们的意见，我认为你也留下为好。"

焦立新一听，大哭起来，拉着金师长的手说："我不要离开你，我坚决跟你走！"

哥哥说："那会给部队、给师长增添负担，影响军事行动。你不要太孩子气了。"

"不！我不是孩子，我是抗联战士。我要打仗，打鬼子！"焦立新又哭起来。

金师长给焦立新擦去眼泪，沉思半天，说："好吧！坚决不留，只好一起走吧！不给别人增加负担，我来护理你。"

决定之后，金师长带两名战士上山砍了几根木棍，做了一副担架，抬着焦立新出发了。行军路上，他一直走在担架旁给焦立新摸脉、嘘寒问暖，直达宿营地后，他看看伤口，果断决定要给焦立新做手术。

听到这话，焦立新眼前一黑差点儿晕过去。什么条件都没有，怎么做手术？军医都留下了，谁给他做手术？一滴麻药都没有，焦立新能挺得住吗？

金师长看出了焦立新的顾虑，安慰他说："小五，你的手术我负责。"

"你？你是师长，不是大夫呀！"焦立新又要哭了。

金师长又说："记得我从前给你讲的故事吗？"

金师长对中国的古书很熟悉，他曾给焦立新讲过《水浒》《三国演义》里的故事。可这对手术有什么用处？

金师长说："小五，你不是说过，关公老爷是真正的英雄吗？你们家不信鬼神，就给关帝爷磕头，对不？"焦立新点点头。他又说："你不是爱听关公刮骨疗伤的故事吗？"

焦立新想起来了！金师长给焦立新讲这个故事时，焦立新曾说过："我最爱听这样的故事，我要做硬骨头的战士……"

金师长在篝火上化开了一盆雪水，煮沸刮脸刀，又蒸一蒸脱脂棉，拿出一瓶消炎水，手术就开始了。

不知有多少双眼睛在注视着焦立新的伤手和金师长拿刀的手。

焦立新只觉得伤手唰唰唰被划了一刀又一刀，那刀好似直刺他的心尖，疼得他都将嘴唇咬破了，但他没有呼喊。焦立新的眼透过蒙着的纱布缝隙看到金师长宽宽的前额上滚着一排排亮亮的汗珠，他知道金师长比他还要紧张。他不能再给金师长增加负担了，无论怎样，他也要忍耐，忍耐！有人不住擦他头上的汗水，也有人给金师长擦汗水。金师长轻轻念着："小五，小关老爷，再咬咬牙，病毒快刮完了，日本鬼子要被歼灭了！……"说着说着，金师长从伤口里镊出一块碎骨头，又一块碎骨头……当一切包扎好，金师长举给焦立新看，说："这，若不取出来，放在里边会化脓的，就像日本鬼子侵入我们的国土，不撵出去，就是祸害。现在撵跑了，胜利了！"金师长摸着焦立新的脉搏，"害怕了吗，小五？"

"没有！"焦立新硬着嘴。他想说句"谢谢"，嗓子眼发热没说出来！金师长从兜里掏出小镜子给焦立新照照，说："看你的小脸都发青了，还说没害怕？我吓得手都发抖呢！你是好样的，小关公，硬骨头，最后胜利是我们的！"

从此，无论是行军路上，还是宿营地上，金师长时刻不离焦立新，给他喂饭、喂水，扶他大小便。药没了，金师长连夜配制。金师长对焦立新的照料，真比焦立新照料金师长时还细心、周到。后来伤口化脓，金师长又给焦立新进行了第二次手术。术后，金师长整天守护着焦立新，给焦立新讲故事，讲《三国演义》《聊斋》，还有朝鲜的《三胎星》《沈清传》等。金师长的故事真多哟！晚间，他们躺在篝火旁，望着熊熊的篝火，唱着李兆麟将军写的《露营歌》：

> ……
>
> 朔风怒吼，大雪飞扬，
> 征马踟蹰，冷气侵人夜难眠。
> 火烤胸前暖，风吹背后寒，
> 壮士们！精诚奋斗横扫嫩江原。
> 伟志兮！何能消灭，团结起，
> 赴国难，破难关，夺回我河山。

他们的歌声压倒了呼啸的北风，那炽烈的篝火不仅烤得他们胸前暖，背后也热乎乎的。焦立新觉得金师长的心就像红红的篝火一样，给他热和光。他含着眼泪说："师长,您这样热心地关照我,我的胸前、背后,浑身上下都是暖烘烘的。"

金师长深情地说："小五,这是抗日烽火燃烧着我们的心哪!毛泽东、朱德率领的红军北上抗日,早已到了陕北。现在中国各地燃起了抗日烽火。我恨不得你的伤马上好起来,我们一块儿投入新的战斗啊!"

焦立新的伤很快痊愈了。他又和从前一样跟随金师长行军打仗、吃草根、睡雪窝……不过,焦立新再也没受到过批评。金师长不仅治好了他的伤,也把他贪玩、淘气、不太守纪律的毛病治好了。焦立新永远铭记金师长给予他的一切……

焦立新介绍到这里,他在外边做游戏的小儿子跑进来拉着爸爸的手腕问几点钟了。这时我看到了他手上的伤疤,他说："每当我看见这个伤疤都会想起金师长……抗战胜利,我们从苏联远东回来就告别了。新中国成立后,我曾给他写过两封信,他都亲笔写了回信。和从前一样,他对我的工作、生活、学习包括孩子的细小事情都关心、过问了。他祝我们全家幸福,我祝他健康、长寿!"

焦立新又进入沉思,喃喃地说："我跟随杨司令、金师长战斗了九年,永难忘怀的九年啊!现在我们通常说抗战八年,其实中国人民抗击日寇足足十四个年头。九一八事变应该说是侵略和反侵略战争的开始。从那时起,东北人民的抗日烽火在山海关内外熊熊燃烧,牺牲了多少英勇的抗日将士,没有抗日义勇军们浴血奋战,就没有著名的《义勇军进行曲》,也就没有我们现在的国歌……"

当焦立新领着他的儿子将我送出院门以后,我又听到院里传出了洪亮、有力的歌声:

我们万众一心,冒着敌人的炮火,前进!冒着敌人的炮火,前进,前进,前进,进!

"一二·九"走出一女杰

　　红军经过了万里长征，在 1935 年 10 月到达陕北吴起镇。……在祝捷声中，12 月 10 日，一听到北平一二·九运动的消息，我们心里好不欢喜！……两者都是为解放民族和解放人民而斗争……一二·九运动是动员全民族抗战的运动，它准备了抗战的思想，准备了抗战的人心，准备了抗战的干部。

——毛泽东于 1939 年 12 月 9 日
《在延安各界纪念一二·九运动四周年大会上讲话》

　　半个多世纪来，每当这个"为解放民族和解放人民而斗争"的一二·九运动纪念日，我国的学生、青年、广大人民都要举行集会、座谈、讲演等各式纪念活动，使青少年、新一代铭记这个曾轰动国内外、永载史册的日子。有时青少年读者也邀请我去参加，我不止一次介绍过一位一二·九运动的女杰，她是我国人大常委会原副委员长林枫的夫人，教育部原顾问（正部级待遇），她叫郭明秋。

她健在时，我曾多次到北京南沙沟拜访过她。那时她已年过花甲，体弱多病，头发花白，却那样热情健谈，感情奔放，仍似一二·九运动学生领袖的样子，具有青春活力。交谈很快把我带入那民族危亡、人民奋起的年代。

"一二·九"，高歌"海燕向上"

九一八事变时，郭明秋在察哈尔省宣化女二师读书。在学校里，她初步接触了进步思想，开始关心国家前途、人民命运。后来，她随家迁到北平，转入曾得到李大钊扶持创建的北平女一中就读，开始同地下党有了联系。她带领同学高唱流亡歌曲，她办墙报，她讲演，宣传东北人民要抗日的道理。同学有困难，她肯于帮助。1935年，她被选为女一中的校学生会主席。一二·九运动前，她又担任了北平大中学校学生抗日救国联合会执行主席，对运动的发起做了重要工作。当党中央向全国人民发出呼吁一致抗日的《八一宣言》，长城内外，抗日浪潮风起云涌之时，根据党的指示，她随同彭涛、黄敬、谷景生、姚依林、宋黎等同志，直接参加到运动中，成为一二·九爱国学生运动的主要领导人之一。

12月9日这天，是蒋介石签订《何梅协议》后，要成立卖国的"冀察政务委员会"的日子。广大青年学生在此时迎头痛击汉奸卖国贼，奋不顾身地组织起来，请愿、游行、抗议。这一天，作为学联主席的郭明秋同姚依林秘密穿行在几条游行路线上，同市委领导彭涛、谷景生等同志不断及时联系，暗中指挥。她同姚依林等人先在西单一咖啡店里传递信息，联络游行队伍，及时同总指挥部议定应对方案。当各路大军浩浩荡荡涌向天安门时，军警鸣枪恫吓，用皮鞭抽打，用水龙头冲击。郭明秋随同姚依林不顾枪托、皮鞭及军警的威胁，高呼口号，保护同学，手牵手，臂挽臂，行进在一起，战斗在一起。他们高唱《义勇军进行曲》等抗战歌曲，清华学子姚依林、蒋南翔传来清华同学自编的救亡歌曲：

> 海燕不怕狂风和巨浪／海燕不怕雷鸣和电光／勇往直前，青年伙伴们高歌呐喊，大家来救亡／为着中华民族的解放……前进，前进！心志坚如钢！／团结奋斗，我们要自强！／海燕要向上！海燕要向上！

青年这海潮般不可阻挡的抗日救亡游行，震慑了反动派，唤醒了广大人民群众。

那一天，北平有些学校的学生没能参加游行示威，心中的爱国

参加一二·九运动的清华、北大学子

激情未得到释放，一致要求再一次大集合，将"一二·九"的爱国火焰烧得更旺，所以，北平爱国学生又举行了一场声势、人数都大大超过"一二·九"的"一二·一六"大游行示威。之后，平津学生组织了南下扩大宣传团，将革命火种撒向秦岭、洞庭、珠江南岸。同时，在党的领导下，组建了中华民族解放先锋队，学生中的骨干分子都加入了中华民族解放先锋队。此后，为保存实力，不再举行大规模示威游行。以中华民族解放先锋队成员为主，各自在本校开展救亡活动，成立歌咏团、演剧队、读书会，去医院慰问受伤的同学，去绥远前线送棉衣、食品，慰问前线抗日战士，高唱"大刀向鬼子头上砍去"，又高唱"我们要自强！／海燕要向上！海燕要向上！"

穿海青色长衫的人是谁？

中华民族解放先锋队成立后，各大中学分散的抗日救亡活动更加活跃，但白色恐怖也加剧了。

"爱国有罪，冤狱遍于国中；卖国有偿，汉奸弹冠相庆。"党组织为了保存党的力量、保护同志们的安全，将他们及时分散转移到天津、河北等地，郭明秋被转移到天津。工作一段时间后，党组织根据工作需要，决定派她与当时我党从事地下工作的天津市委书记林枫假扮夫妻，掩护林枫做好党的地下工作。这位才19岁的热血女学生，要同比她年长11岁的市委书记假扮夫妻，她感到很不习惯，不同意组织安排。她要求还到工厂去，搞工人运动。

一天，林枫以市委书记身份请她去研究临时工作。她去后不久，房门开了，进来一位中年妇女，自称房东太太。这房东太太环视一下屋内，笑问："林先生，你总说你的家眷快来了，怎么没见来人呢？"

林枫扫视一下郭明秋，面向房东太太笑答："这就是我的家眷，刚到，马上要去车站取行李呢。"

机灵的郭明秋马上向房东太太点了点头，问好，又说："我初来乍到，以后请多多关照。"

房东太太打量一下郭明秋说："哦，好贤惠、漂亮的太太哟，以后多多来往啰。"

房东太太走后，林枫笑笑，悄声说："小郭同志，今天若没有你在，可能要出大麻烦的。你看，这位房东太太对我单人在这里住已经有所怀疑了。"马上又补充说："我们要马上搬家，这里不安全了。"

林枫根据党的保密性和安全性要求，重新搬了一个住处。他请郭明秋来看房子，便于日后联系。正巧，这天英国租界的巡捕又来查户口，巡捕狡诈地问郭明秋的籍贯、姓名等，她按照林枫刚刚教她的回答说："我们是江苏沛县人，他是上海 ×× 晚报驻天津的记者……"

紧张的场面总算应付过去了。巡捕走后，郭明秋镇静下来。现实使她切实感到，这里多么需要她来工作呀。如果今天没有她在，林枫可能又要遭遇危险了，党的事业也可能遭到不可估量的损失。她决定留下来，在这个新建的市委机关、地下党领导核心，帮助林枫料理好一切，让他腾出更多的时间和精力，在敌人的心脏，在白色恐怖之下，更好地开展工作。他们相互帮助、关心、支持，风雨征程中，结下了战斗情谊，播下了爱的种子，假夫妻变成了真伴侣。他们把崇高的爱情融汇于伟大的革命事业中。

郭明秋有时扮成家庭主妇，手提菜篮穿行于菜场、商店，掩护战友，传送情报；有时扮成阔少奶奶，戴金挂银，身藏黄金、银圆——党的活动经费，巧妙地存入敌人银行。她渴望干更多的工作，天津市委委员张秀岩大姐为她找了一个女工夜校教员的公开职业。她干得蛮热心，蛮愉快。

一天，从夜校下班回家，郭明秋见屋里坐着一个陌生男人，正同林枫悄声谈话。她放轻脚步进屋，他们两人同时站起。两人个头相仿，陌生人比林枫清瘦些，身穿海青色长衫，显得斯文、稳重、有风度。林枫还未向郭明秋介绍，穿海青色长衫的人先开了口，他操着南方口音微笑着说："小郭同志吧，听说你是一二·九运动的女干将，还有彭涛、小姚他们，你们干得蛮好哩，发扬了五四精神。这次学生运动震惊了国内外，将会记载到中国史册上。你们有了这次锻炼，还可以做更多、更细致、更需要你们发挥作用的工作呢。"

郭明秋腼腆地笑笑说："我初出校门，跟着市委领导干呗，主要是群众的抗日情绪高涨。"她说着为他们倒了茶水，请他们坐下，什么也没问，因为她知道，秘密工作，不该问的绝不能多问。

穿海青色长衫的人细问了郭明秋家庭情况和在察哈尔、北平读书的情况，又问她到天津来一切是否习惯。得知她在夜校教书，他沉思一下说："在女工夜校教书，不合适吧，秘密工作要同公开工作严格分开哩。"说完，他对郭明秋讲了秘密工作的原则要求，要他们多多注意安全等等。他很快走了。

客人走后，林枫果断地对郭明秋说："我们得再找所更隐蔽的房子，要赶快搬家。你也马上辞去夜校教员工作。这是党的秘密工作原则。"然后，林枫又悄声向她说："省委要我做他的秘书，我们共同保护他吧。"

郭明秋感到责任重大，便问："他叫什么名字？"

林枫想想答："就叫他老戴吧。"

以后，林枫同老戴每两周接头会面一次。郭明秋想方设法保护他们的安全，有时在门外转悠，有时装成出外买菜，将门锁上，过一会儿再回来。

一天，老戴又来了，他交给林枫一个灰皮小本，向郭明秋说："小郭，你不是要多干工作吗？这回交给你一件正经的工作。"说着便打开小本，请郭明秋细看，要她专心学，念熟，背熟。他坐下来耐心地教她识密码，翻译电报。此后，老戴又来过两次，手把手教她，她很快成为熟练的译电员。

以后，老戴和林枫主持工作的北方局从天津搬到北平。有一段时间，老戴同林枫就住在一起，成为这个"家庭"的一员。郭明秋看他消瘦，有时咳嗽，深夜里在昏暗的灯光下伏案写些什么或看书。郭明秋有时设法买点儿牛奶给他喝，有时冲碗姜糖水端给他，他总是客气地递给林枫，两人分用。他有时拿出《共产党宣言》和一些小册子让郭明秋学习，还常讲些中央苏区和红军长征的故事，讲党的路线和抗日武装斗争的发展，以及抗战胜利后如何建设新中国等等。郭明秋听得极有兴趣，感到心明眼亮，增强了打败日本侵略者的信心，看到了中国的未来。这位老戴深谋远虑，见解精辟，工作不辞辛苦，平时虽说话不多，却也能讲个笑话，幽默中讲出做人、做一个共产党员应该具备的修养。郭明秋很佩服他，觉得他不只是北方局的领导，大概还负有更大责任。但她不能多问，这是秘密工作的原则。

1937年夏天，老戴走了，说是去延安开会，可能不回来了。林枫这才告诉她，老戴就是刘少奇。

毛主席一席谈话

1937年卢沟桥事变后，北方局又由北平迁至太原，以后又迁至临汾，筹备建立四个抗日根据地，准备大打游击战。党为了保存革命后代，将一些有了孩子的女同志撤回延安。1937年10月，郭明秋带着五个月大的孩子来到延安，住在门窗无玻璃、透风的中组部招待所，准备去党校或抗大学习。一天，一位操着广东口音、高个头、英姿飒爽的女同志来看望她。那位女同志自我介绍说是中组部的李坚贞。她带郭明秋到延河边，边观延安秋色，边散步，边谈话，了解了郭明秋的一切情况。过了两天，李坚贞又带来一位更显飒爽的中年女同志，她头戴红星八角帽，身着蓝灰色列宁服，腰系一宽宽皮带，腰身挺拔而苗条。她微笑着同郭明秋握手问好。李坚贞介绍说："这位是蔡畅大姐。"她们简短谈话后，李坚贞告诉郭明秋："组织上要分配你担任蔡畅大姐的秘书，同意不？"这是郭明秋未想到

郭明秋怀抱儿子林炎志

的。她觉得自己入党不到三年，革命经历浅，应该去学习。蔡大姐说："以后，我们在实际工作中共同学习吧。"

蔡大姐帮助郭明秋安顿好孩子后，便安排、指导她工作。蔡大姐总是那样热情、亲切地放手让她独立工作，又耐心地给予具体指导。蔡大姐经常向郭明秋讲嫂嫂向警予和杨开慧聪明机智、临危不惧、献身革命的故事，讲毛主席和她哥哥蔡和森的深厚友谊，和他们热心探索改变中国命运的种种活动。蔡大姐看郭明秋爱看书、好学习，就把手抄的毛主席写的《才溪乡调查》给她看，让她细读、深学。这是郭明秋第一次见到毛主席的调查报告，一口气读完后，心中豁然，知道了苏区老同志都是怎样工作的，毛主席是怎样"关心群众生活，注意工作方法"的。这是革命胜利的法宝啊！她进一步了解了毛主席的智慧和深谋远虑的思想。她多么想在延安见到毛主席呀！

1938年初春，蔡大姐带她去见毛主席了。那时党中央还没搬到杨家岭，毛主席住在延安城一个靠山的四合院里。那是一座窑洞式的平房，坐北朝南，院门口有一位拎着系红绸子大刀片的警卫站岗。警卫很客气地让她们进屋。屋里陈设极其简陋，一张长长的白木办公桌，中间摆着笔、墨、砚，两边摞着书。毛主席见她们进来，热情地请她们坐下，微笑着问："郭明秋同志，你是哪里的人呀？"

"察哈尔涿鹿县人。"

"哦，你们那里很落后呀。你一个女学生怎么入了党呢？"

"我是在北平读书时入党的。"郭明秋答着，同时惊奇，毛主

122

席对她的家乡、对各基层党组织的建设情况怎么了如指掌。

毛主席又问："你在白区入党，都做了什么工作？"

"我跟少奇同志学翻译电报。"郭明秋答。

蔡大姐立即向毛主席介绍："郭明秋是一二·九运动中的女干部。"

毛主席高兴地说："好哇！你是青年运动中的人才呀，蛮好的哩。一二·九运动就是准备了抗战的思想、抗战的干部嘛！"说着又转向蔡大姐："你找个秘书很好呀，就是要从革命运动中选拔人才，好好培养女干部，多带带女同志哟。北平来的，上海来的，东北来的，各地来的知识青年都多找一些，也可以送到我们这里工作嘛。"

当蔡大姐和毛主席谈到中央妇委的工作时，说要多注意调查研究，注意总结经验，还要注意写好文章，选郭明秋当秘书，就是因她是知识分子，又经历过革命锻炼。毛主席亲切地望着郭明秋说："好哇，一定有文采啰。写总结，写文章，要多学习鲁迅，文笔简练，思想敏锐，考虑慎重，多多修改几次呢。"

郭明秋牢牢记住了毛主席的教导，工作中注意调查研究，多学习、多练笔，阅读了大量鲁迅的书。1939年，当她由晋西南重返延安，又在中央妇委工作时，便将晋察冀边区妇女工作的经验整理成一篇篇文章，发表在《中国妇女》杂志上。当时，还在晋西南担任区党委书记的丈夫林枫看到她的文章很高兴，捎信鼓励她，说文章就要写成这样，干净利索，有深度，望她继续努力。

1941年夏天，在毛主席、朱总司令的热情关怀下，郭明秋又回到离开两年多的抗战前线，同林枫团聚了。临别时，蔡大姐语重心长地嘱咐她："女同志要进步，绝不能被孩子拖累，不能依附丈夫，要注意学习，锻炼独立工作的能力，能独当一面。"这些话，蔡大姐早在1937年就反复对郭明秋和其他妇女同志讲过，郭明秋一直铭记在心头。她在晋西南先后担任了党校教员、区委书记，在那吃着发霉的玉米、黑豆充饥的艰苦环境中，她为独立干好工作，先后将两个孩子送到保育院和老乡家，两个孩子后因病、饿而死。林枫39

岁时，他们才又抱上了娃娃。那正是抗战胜利，大批干部要挺进东北之时，想到一二·九运动中浩浩荡荡的革命步伐，想到延安大生产运动中人们高涨的革命热情，她毅然果断地将两个心爱的宝宝送回河北老家，自己轻装上阵，随着挺进东北的革命队伍，开始了新的征程。

远方的"儿子"

"亲爱的郭妈妈，您近来身体好吗？哥嫂姐妹都好吗？我本应去看望您，可现在实在抽不出时间……"

这是我在郭明秋家看到的一封来自沈阳苏家屯的信。信的落款是"车生"。车生是谁？

"我儿子。我有两个儿子，一个是亲生的，叫林炎志，一个就是他，车生。因'文革'，多少年动动荡荡，断了联系。他们从报上看到林枫同志追悼会的消息，母子赶来北京，在这儿住了几天，给我很多安慰。"郭明秋向我简单地说明情况后，说，"你回辽宁，代我去看望看望他们一家吧……"

7月的一天，我来到了苏家屯，车生一家人极其热情地接待了我。车生的母亲陈桂英紧拉着我的手，指着站在她身旁英俊帅气的小伙子说："没有郭大姐，俺韩家哪能留下这条根，续上香火呢。郭大姐真是俺们的救命大恩人呀。"她眼含着热泪向我诉说起来。

1953年3月2日，正怀着身孕的陈桂英抱着小女儿由沈阳乘火车回苏家屯。上车刚坐定，火车轰隆一开动，她腹部突然下坠，一阵疼痛，她急忙抱着刚满2岁的女儿走进厕所。年轻的列车员发现她要临产，急忙通过广播呼叫接生大夫，大夫迟迟没来，却来了东北妇联主席郭明秋。她跨进厕所一看，满脸汗水的孕妇正手扶便池沿大声呻吟。细一看，孩子已经露了头，好险！再迟一步，这小生命可能就溜进污秽的便池里了，后果不可想象。她凭着做妇女工作的经验，懂得一点儿妇幼卫生常识，急忙洗洗手，壮着胆子为她助产，并不断安慰产妇不要怕、不要慌，让她随着自己的助产动作，大口呼吸，合理用劲。随着郭明秋抚慰、温柔的话语，随着列车前进的颠簸，婴儿降生了。但是，婴儿脸色发青，没有哭声。郭明秋急忙倒提两条小腿，向后背叭叭打了两下，这个小生命哇的一声大哭，好像向列车里的人们喊叫："我来了！"车厢里的人们都兴奋地涌向这里，祝贺这个小生命的诞生。郭明秋顾不上擦脸上的汗水，急忙扯下脖上的纱巾，将婴儿拦腰紧紧包住，然后扶起那脸色蜡黄的产妇，一直护送他们母子三人到苏家屯车站，交代给车站服务人员。待车到辽阳站，她自己却带着一身血污下车走到妇联部门，之后随同姐妹们下乡搞调查研究去了。

陈桂英母子回家后，一切安全，全家欢天喜地。这孩子的爷爷是位老花匠，第二天，他高兴地抱着一束珍贵的鲜花来到沈阳，四处寻找这位救命恩人。几经寻访，才找到了东北妇联，将鲜花送上，结果还没有看到救他孙子的郭明秋。待给孩子过百日那天，陈桂英夫妇抱着白胖胖的娃娃来到沈阳，找到了郭明秋家，一见林枫同志，两口子愣了神，这个人好像在哪儿见过。郭明秋赶紧介绍说："这是林枫同志。"林枫，照片上见过。这不是东北人民的领导吗？孩子的爸爸立即伸出双手紧紧握住，张大嘴不知该说什么好。他一个普通工人，怎么一下子就迈进了东北人民领导的官邸？林枫紧紧握住他的双手说："我和工人同志一样，都是人民中的一员，我愿意和工人同志多交朋友。今天在这里一块儿吃便饭吧，我们全家为你们庆贺儿子百日！"

"以后我们就是亲戚了。"郭明秋抱起百日娃娃高兴地说。

以后，他们真的像亲戚一样往来着。林枫亲自给孩子起名叫车生，郭明秋经常打电话过问孩子的健康和成长情况。

1954年，郭明秋与丈夫林枫由沈阳调进北京工作以后，还常给陈桂英夫妇写信，关心他们的儿子车生，鼓励他好好学习。

陈桂英母子来北京探望郭明秋时，车生已经工作了，有了幸福的家庭。

郭明秋拿着她精心保存的车生来信向我说："他们是老实厚道、普普通通的劳动人民，我有这样一门亲戚，感到很荣幸。"

那一天，车生一家为我办了一桌丰盛的晚餐。饭后，母子一直把我送到火车站，目送我远去。我被他们纯真的深情所感染，好像也走了一门亲戚一样，感到那样亲切。我想到了郭明秋的话："我们共产党的干部、群众工作者，应该多交一些劳动人民的朋友。可惜我交得太少了。如果我的身体好，能回趟东北，我要去看他们；若不，再请他们来我家住些日子。"

从一盘玉米面饽饽说起

我又一次来到了郭明秋的家里，正赶上他们一家人团团围坐吃晚饭。饭桌上摆着一锅小米粥，一盘热气腾腾的玉米面饽饽，每人拿着一块玉米面饽饽大口吃着。小孙子也和大人一样，黄玉米面饽饽抹上红豆腐乳，吃得蛮香的。

我试探着问："北京粮站还供应小米吗？"

"这是延安老战友送来的。"郭明秋说，"他们不忘我们，我们也总想着他们。吃到延安小米，就想起延安的岁月了。"

"玉米面呢？"我又问。

郭明秋回答："粮店供应，东北老家也送来。林枫是吃东北高粱、玉米长大的，他在世时，立下过规矩，孩子从小都要吃些粗粮，锻炼他们的胃口，也让他们不忘家乡。"

大概正是他们早就对孩子进行过当普通劳动者的教育和锻炼，才使得他们的孩子在那黑云压顶的漫长岁月中，能够适应环境，自立自强，坚强地生活下去。

林枫在"文革"中是同"彭、罗、陆、杨反党集团"一起被揪上北京的万人大会场批斗的。那时，林枫是全国人大常委会副委员长、中央高级党校校长。郭明秋是全国妇联常委、中央党校的校委委员和政策研究室主任。郭明秋被关，家被抄，房子被占，孩子四散。当时最大的孩子大学刚毕业，最小的才9岁。郭明秋含着泪水告诉我："至今，我一看到男同志穿着褐色塑料凉鞋的大脚，心就咯噔一下，怦怦跳个不停。"

郭明秋同丈夫林枫和孩子

那是1967年秋，她被押进中央党校大会场，为林枫陪斗。她站在台角，极力想转身看看几个月不见的丈夫林枫，但是她被强压着弯腰低头做"喷气式"，只能从两腿缝隙中看着高大的林枫那一双穿着褐色塑料凉鞋的大脚。林枫已有多年心脏病，竟然让他九十度大弯腰，一动不许动地挨批斗。她心颤抖，两眼迷茫。从此，郭明秋不知丈夫林枫的下落，自己也身陷囹圄。在被隔离时，她眼前总是出现一双穿着褐色塑料凉鞋的大脚和脚前点点的汗水痕迹，那一双在漫长的革命征途上艰难行走了将近半个世纪的大脚啊……

他们唯一的儿子，也就是当年蔡妈妈抱过、亲过的儿子林炎志，曾患肺结核，大咯血，又经历6年牢狱之灾，在父亲从秦城监狱被放出后，才被分到了一个街道无线电小工厂工作。他一直默默地拼命苦干，脏活、累活抢着干，生产技术专心学，对工人师傅尊敬又关心。工人师傅不知他是什么人家的孩子，只觉得他忠厚、朴实，和工人心贴心，所以都很喜欢他。在那"政治挂帅"最艰难的日子，他竟光荣地入了党。粉碎"四人帮"后，恢复高考，他第一批考入了清华大学工程物理系。由于品学兼优，他被选为清华大学学生会主席，兼任全国学联主席。他那被发配到大西南山沟里当工人的姐姐也发愤图强，考取了北京大学的研究生，另一个姐姐仍留在山西一个工厂工作。

就在我同他们同桌吃玉米面馇馇那一天，郭明秋的儿子林炎志回来了。他确有北大荒人的遗传，高个、宽肩、圆脸，但文明的举止、纯正的京话又显出清华学子的风度。这位 20 世纪 80 年代的学联主席，是向 20 世纪 30 年代的学联主席——他的妈妈报告，他将要率领中国学联代表团出国访问。饭后，郭明秋带我到他儿子的房间小坐。出乎我的意料，他的房间里，没有当代青年人喜爱的沙发、茶几、组合家具，却像个生产车间，散发着强烈的机油味：一张三屉桌，两把木椅，五个高高的书橱，分别摆满古今中外的文史和科技书籍。房中占地最大的是一个长方形的案板，板上装着两台钳床。郭明秋看我感到新奇不解，特地说明，这是他们花三十元钱买的废品，自己修好了，用着方便，也是他的爱好。她说："我儿子是工人，喜欢干活，不忘干活，见机床就亲，见厂里的师傅更亲。我家里常有工人师傅来做客。"

林炎志说："没有工人师傅，就没有今天的我。我看电影《牧马人》有强烈的共鸣，止不住泪水，劳动人民是我们的脊梁。"

这就是他们的儿子，革命后一代。

回到客厅，郭明秋又谈起了林枫是怎样教育子女的。她仰首望着墙上悬挂的衬着鲜红枫叶的林枫同志巨幅照片，深情地说："林枫常常引陈毅的诗句，'勿学纨绔儿，变成白痴聋'，'祖国如有难，汝应作先锋'。"遵循这种精神，老一辈、少一辈都沿着一二·九精神走下去吧！

和顺·腾冲·远征军

　　文题七个字是我于 10 年前在日记本上写下的，时间为 2007 年清明。那页日记里有装着照片的纸袋，纸袋上工整地写着"和顺·腾冲·远征军"。之前，我对这三个词组不甚了解。只知第二次世界大战时为支援英美同盟军，当时中国政府组成了以青年为主的精干队伍，勇敢走出国门，同侵占南洋的日本法西斯誓死苦战，仅在印缅战场便阵亡近 20 万将士，成为二战东方主战场上一支英雄部队。率此部队于 1942 年首赴缅甸前线的戴安澜将军英勇牺牲，他也是中国远征军第一位荣获美国勋章的二战英雄。

　　2007 年春时，我随一老干部参观旅游团来到云南。行程中得知，我曾崇拜的哲学家艾思奇其家乡就在云南保山市腾冲县和顺乡，那也是一个旅游点。我热切希望快到那里。解放战争年代，我参加革命队伍后最先学习的政治课便是社会发展史和大众哲学。我认真通读了大连光华书店新出版的《大众哲学》一书，初步了解了过去一直认为神秘的哲学的概意，深记着艾思奇的大名。20世纪50年代，我进入文研所学习，又听到艾思奇和大理论家

2007年清明节，于腾冲忠烈塔山下同远征军老兵合影。前排左三为辽宁省委宣传部原部长沈显慧，二排左（女）为辽宁省政协原副主席章岩（白发者）

杨献珍讲的课，自感三生有幸、永记不忘。但并未像崇拜某位作家那样探寻他们是哪里人，家乡何处。

半个多世纪过去了，不经意中竟走到了我崇敬的大哲学家艾思奇的故乡。

和顺乡位于滇西怒江岸边高黎贡山脚下腾冲县城内，是全国著名的侨乡，距缅甸只有70多公里。400多年前，这里便有人去缅甸做玉石生意，渐渐远走至欧亚各国，致使被称为"走夷方"的侨民胜过现村中居民（五六千人）一倍多。这里不仅富有、秀美、恬静，更独具别处少见的迷人景色。这里有一座于20世纪30年代初成立的中西合璧、建筑秀美的中国第一乡村图书馆，胡适题写的"和顺图书馆"大匾至今悬挂于门楣。我们推门进馆，见有几位年长者正

静静默读。他们说这里珍藏着6万多册图书，其中古籍、善本比他们的年龄还大。与图书馆隔河相连的是一排排古色古香、气宇不凡的文昌宫、土王庙等庙宇、宫殿。还有一座乾隆皇帝为一位17岁出嫁、18岁其"走夷方"的丈夫客死他乡，自此便守寡至92岁病故的贞洁烈女赐的高大的贞节牌坊，彰显出这里古老的民族传统和文化渊源。

顺村而下的是一条闪着晶亮波光的河流。几位妇女正在浣纱洗衣，她们脚下是清澈见底的河水，头上则是为其遮阴的重檐翘角的凉亭，名为"洗衣亭"。这是"走夷方"的男人们回乡专为辛苦劳作的家属、女人们洗衣、择菜而建的纳凉、歇息的河畔凉亭。她们欢快的水声、笑声中蕴含着对男人的深谢和眷恋，传播出这里充满大爱的人情、人性。

艾思奇故居便坐落在河畔青山的山腰间，是砖石、楸木建筑，三进四合大院，同这里顺山就势层层排列的古朴建筑群一样，粉墙黛瓦，高门翘檐，天井照壁，但又有西式的拱形雕花长窗、敞亮阳台、串楼外廊，彰显中西文化的融合。高墙大院内各室陈列着艾思奇的生平事迹，大门外竖立着这位抗日战士、哲学大师高高的塑像。1910年2月，艾思奇诞生于此，这里是他童年的摇篮。之后，他跟随参加过辛亥革命的父兄迁居香港读书，后又留学日本。随着抗日烽火的燃起，艾思奇感觉到他的原名为"阳温墩"的故乡虽因顺村而过的那条河流改名为"河顺"，又因乡邻间的爱与善，以"士和民顺"之愿，更名为"和顺"，但在法西斯猖獗暴虐、血雨腥风的年代，那里已不能和和顺顺，中国大地也不能和和顺顺，只有抗争——家国一体、奋起战斗——才能争得和顺。

他改名换姓(原姓李，名生萱)，奔赴为和平抗争的民族解放战场，奔赴革命圣地延安。而他的家乡，那山清水秀、人杰地灵，曾于明、清两朝出现过三四百位科甲题名学人，民国期间又有一二百名留洋求学者的和顺文化乡，真的已不再和顺，以致管理它的腾冲县——著名高黎贡山区古老的石头城，也成为二战中刀光剑影、血流成河

赵郁秀在艾思奇故居前

的激战战场，被英国指挥官称为二战中唯一在三四千米高山上激战的"云层上的战场"。现在，在那云层的山顶耸立着高高的忠烈纪念塔。

我们要改道登山，年轻的导游小声提示："那忠烈纪念塔上有蒋中正题的'浩气英光'大字，但是山高坡陡，你们能去参观吗？"

我们中的八旬老革命大姐立马回答："去！蒋介石是为抗日英烈而题，我们不是去参观，是去祭祀。"刚巧，这天是清明节，我们事先不知，没准备花圈，便采几朵野花前去祭献。

我们由和顺乡北上，直奔国殇园区，又直奔高黎贡山脉的来凤山。远远仰望那似长长利剑直刺云霄的忠烈纪念塔，正准备拾级而上时，身旁走来一伙身着旧黄军服的老年男士，其中还有一位身着银灰色西服的学者模样的人。他们一律操着滇川口音，虽然年长，但步履矫健，走路极快。在我们闪身让路中，我搭讪询问："你们几位先生，好像是集体来扫墓的，什么单位？"

他们立即停步，有人道："什么单位？"又加重语气："远征军！"

哦！我们北方人从未见过的远征军竟突然出现在面前。

我提议暂停脚步，合影留念，借机攀谈。

他们均为远征军十一集团军的退伍军人，系鲜艳领带、西装革履的老者特从台湾飞来。自两岸关系改善后，他每年清明都要从台湾飞回家乡，同战友们聚会，一同来到来凤山丛林为在这里安眠的战友、英烈扫墓祭拜。

那位台湾同胞特送我一张名片。看名片后方知，他叫邵应任，原为黄埔军校19期毕业生，大约1942年参加远征军，历经腾冲战役、松山战役，现在台湾做教员。另外几位均为他的战友、同乡。

我们边慢慢攀登，边叙谈。他们见景生情，话语激动，路见耸立于丛林中的一排排墓碑，不由停住脚步，相继举手敬礼。他们告诉我，这里有近3000座墓碑，其中还有19位美军烈士。有两人哈腰低头细细看望每一块墓碑上的名字，我也默默随之，心想：他们是在寻找自己熟悉的战友，再一次默默对话、寄托哀思。一直同我叙谈的台湾同胞提议在墓碑旁的石级上暂时歇息，他们根据我的提问，将话题从头说起。

1941年冬，日本海军偷袭珍珠港，同时陆军攻击马来西亚，企图掠夺垂涎已久的美、英、法殖民地东南亚的丰富资源，太平洋战争全面爆发，美、英、中结成同盟，一致抗日。1942年5月，我国入缅甸的远征军因进缅的英军溃败而退到滇西。敌强我弱之时，猖狂的日军乘胜切断了西南唯一的国际交通线——滇缅公路，通过和顺乡小径顺利进入了战略要地腾冲。而后，拟攻入昆明，逼近重庆，劝蒋投降，灭亡全中国，进而占领全亚洲。骄横、狂妄的日本法西斯的阴谋和"速战速决"的侵略野心早已昭然若揭，摆在中国人面前的形势万分严峻。原掌握腾冲地区军事大权的"云南王"龙云的儿子以腾龙边区行政监督的身份未指挥军队向敌人投放一枪一炮，便携家眷、财产北逃了。时任县长的邱天培也拉家带口越过怒江仓皇而走。这座城墙坚固如钢铁、被称为"铁城""石头城"的腾冲，其掌权的军政要员均无丁点儿石头骨气和钢铁意志，使全城百姓无君无主、扶老携幼、流离失所，被烧杀掠夺，妇幼哀号，惨不忍睹。

石头城，石头人，君主骨头软，人民意志坚。"天下兴亡，匹夫有责"，人民一致推举60岁告老还乡的曾任腾冲县参议长的绅士张问德挺身出面，带领百姓，联络绅士，组成游击区县政。张问德后被龙云正式任命为腾冲敌后抗日政府的县长。他们在和顺的寺庙、宫殿建救护站、避难所，救难民，护伤病员，同远征军协力配合，开展游击活动，牵制敌人过怒江东进、北上。坚持对峙两年时光，远征军决计反攻，如远征军十一集团军总司令黄杰（前任总司令为宋希濂）所称"我国之与盟国有利害相关、存亡与共之不可分性……无时不在筹划反攻之中"。在美、英友军联合筹划、大力支持和配合下，我远征军加强整训部队，更换装备，待天时人和，开始横渡怒江大反攻，为世界反法西斯东方主战场拉开了反攻序幕。

这序幕是用白骨铺路、以鲜血书写的，那震撼人心的一幕幕只待有暇再叙。

我们短暂歇息后，起身继续攀登，他们中有人说了一句："抗日英烈们的事迹永远说不尽，邱县长们的临阵脱逃，人们也永远记恨在心。"

"不！邱家也有好样的，当年随他逃亡的家属中，年仅7岁的小女儿后来成为誉满全球的中国第一名乒乓球女子单打冠军，为祖国争了光，她叫邱钟惠。"

这就是中国的历史。

从来凤山山顶忠烈纪念塔祭祀后下山，我们又到山下国殇墓园及还悬挂着"远征军总指挥部"长长木牌的纪念馆去查看资料。晚间，我应邀去了远征军老兵卢彩文家专程拜访。

80岁高龄的卢先生，家住普通民房，不宽绰，但挺敞亮。我敲门进屋，见台胞邵先生也在座。他们热情地为我沏了一杯云南普洱茶，又送了我一本云南人民出版社出版的《江山作证》一书及有关资料。卢先生介绍说，当年他读初中时，腾冲陷落，他目睹了日寇"三光政策"带给人民的灾难。他和很多同学走出课堂，到保山参加远征军校。军校三年未毕业，腾冲开始反攻，他要求上前线，要和鬼子真刀真枪干！他说："我家兄弟姐妹多，我一个战死不打紧，有兄妹为父母尽孝。当时上前线的同学留给学校的同学录上写着：'我们要打回腾冲老家去！我们求生，家乡就不能收复；我们死，家乡就能收复。为国家赴难，献出生命，在所不辞！'"

我边品茶边翻资料边听，这位曾誓死收复滕冲的远征军老兵慢慢讲述当年滕冲鏖战的经历。

腾冲是祖国西南边境千年山区古城，元、明、清时即商贸发达，是中国西南丝绸之路茶马古道的一个主要驿站。

我点头说："我们参观团就下榻在当年茶马古道一位马锅头的豪华大宅院里。"

他们说，那马锅头早已到国外发达去了，把中国的丝绸之路又拉得远远的了，当年，那马锅头的豪宅相当红火。现在成为宾馆的大四合院，内墙、外廊分别挂着当年行走茶马古道的用具——马鞭、鞍鞯、马镫、铜铃、茶砖、褡裢及图片等等，使人身临其境，似进入中国丝绸之路古老兴盛的年代。

古镇腾冲东界高黎贡山脉，西为怒江岸边景颇族、傣族、苗族等少数民族土司城区，分居有20余位土司，四五十万人。

当年荣任游击县县长的张问德，是清朝最后一科土生土长的贡生，出身书香门第，他深知日本的文化母国是中国，明治维新后崛起，确立"开拓万里波涛，布国威于四方"的国策，发动甲午海战，被贬为"东亚病夫"的我国一败涂地，任人宰割。他总结道：国家越软弱，敌人越猖狂，逃脱、投降，反被敌人嗤笑，决不当"病夫"，挺身战者胜，低头降者亡，家国休戚与共，团结就是力量。

张问德首先奔走西部，凝聚力量。西部土司城一直延续着"世袭其职，世守其土，世长其民"之民规，拥有自己的武装，有家国观念。前两年，他们中多数人抛家舍业参加滇缅公路的修筑，不少白骨埋在那里。现在家乡沦陷，有人一筹莫展。张问德去那里宣传"保家卫国、责无旁贷"，组织民壮游击队、义勇军，对日本鬼子的"讨伐""扫荡"进行偷袭、骚扰，开辟、扩大游击区。各族土司组成600余民壮武装，配合军方一次反"扫荡"，击毙敌百余，群情大振。人们口口相传"五百壮士守疆城，各族民众逐顽凶"，"铁蹄蹂躏遍，战志弥更坚，疆土共存亡，老少齐抗战"。

　　面对各族人民的顽强抗争，日本侵略者加强了法西斯统治，强抓民夫上山，在日军官兵的皮鞭下，在三五千米高的山间冒险为其修筑牢固的军事工事。日寇在山下县乡成立维持会、株式会社，大量推销日货；大开烟馆，办赌场，麻痹中国人；大肆宣传"王道乐土""大东亚共荣圈"；大办慰安所，将强行抓来的朝鲜、台湾妇女编成班组为营妓，逼其白天为士兵服务，夜晚被军官包宿（日本战败时，很多营妓被扫射致死，谓"共存亡"）。

　　日寇为巩固其统治、安抚民心，还实行怀柔政策。驻腾冲一个半通中文的日寇头目田岛大尉亲笔致函抗日县长张问德，软硬兼施，对其劝降，提议"会晤"，答应给予高官厚禄。信尾特示：苍苍在上，吾出至诚……不胜依依，伫盼回玉。落款为：大日本腾越行政班本部长田岛寿嗣上。昭和十八年（即 1943 年）八月三十一日。

　　年高 62 岁的抗日县长，见仅 30 岁的日本侵略者半通不通的中国古文信函，细读之后哈哈大笑，嗤之以鼻。他自幼随父诵"修身齐家治国平天下""一身报国有万死，双鬓向人无再青"等爱国诗句，爱国精神刻骨铭心，代代延续。泱泱大中国之六旬老者岂能臣

赵郁秀在滇西抗战纪念馆（原远征军指挥部门前）

服于狂妄不知人性之 "大和魂"之倭崽？他同秘书等人议后，连夜提笔洋洋洒洒写下千余字长函，嘱人送于田岛，同时，抄呈保山市长、远征军第十一集团军总部，以及云南府各上级部门。很快，《滇西日报》及昆明市各报分别给予发表。一时间，此函在中国大西南、大后方广泛相传。

我手持刊登此函的剪报，密麻小字，泛黄薄纸，低头细阅不释手，手发抖，开本摘抄如下：

田岛阁下：

　　来书以腾冲人民痛苦为言，欲借会晤长谈而谋解除。……诚如阁下来书所言，腾冲士循民良，风俗醇厚，实西南第一乐园，大足有为之乡。然自事态演变以来，腾冲人民死于枪刺之下、暴尸露骨于荒野者已逾二千人，房屋毁于兵火者已逾五万幢，骡马遗失达五千匹，谷物损失达百万石，财产被劫掠者达近五十亿。遂使人民父失其子，妻失其夫，居则无以蔽风雨，行则无以图谋生活，啼饥号寒，坐以待毙；甚至为阁下及其同僚之所奴役，横被鞭笞；或已送往密支那将充当炮灰。而尤使余不忍言者，则为妇女遭受污辱之一事。凡此均属腾冲人民之痛苦，均系阁下及其同僚所赐予，均属罪行……

　　……然以余为中国之一公民，且为腾冲地方政府之一官吏，由于余之责任与良心，对于阁下所提出之任何计划，均无考虑之必要与可能。然余愿使阁下解除滕冲人民痛苦之善意能以伸张，则余所能贡献于阁下者，仅有请阁下及其同僚全部返回东京。……苟腾冲依然为阁下及其同僚所盘踞，所有罪行依然继续发生，余仅能竭其精力，以尽其责任。他日阁下对腾冲将不复有循良醇厚之感。由于道德及正义之压力，将使阁下及其同僚终有一日屈服于余及我腾冲人民之前。……故余关切于阁下及其同僚即将到来之悲惨末日命运，特敢要求阁下作缜密之长思。

大中华民国云南省腾冲县县长张问德

大中华民国三十二年九月十二日

我边抄边默念，不由从低声到了高声，对那义正词严、铿锵有力的话语不给以高声朗读，似不足以表达当时心境。这不仅是中国老人的声音，更是全腾冲人民、滇西人民的声音，是对法西斯的痛斥、怒吼！

我忽然想到来滇西经高黎贡山道颠簸时，看到绕高山峡谷奔流的怒江，江面不宽，水流湍急，不时撞击着两岸山岩，白浪滔天，奔腾咆哮，好似我们常传唱的那首脍炙人口、震撼人心的《保卫黄河》：……黄河在咆哮！黄河在咆哮！……万山丛中抗日英雄真不少……保卫黄河！保卫华北！保卫全中国！

面前这《答田岛书》就是怒江人民的吼声，怒江在咆哮！在怒吼！怒江人民逞英豪，抗日英雄也不少，保卫怒江，保卫大西南，就是保卫全中国！

《答田岛书》不仅被大后方各大报刊选载，据说，有的地方还将其选进小学课本，口传手抄，家喻户晓。正是怒江咆哮！怒江怒吼！

怒江咆哮，人民怒吼，抗日防守两年余，迎来了大反攻！1944年5月，高黎贡山麓白雪融化、怒江洪流滔滔上涨时，远征军总司令卫立煌布置了大反攻战局，对两年前攻占怒江西岸，却一直没能过江东的日寇漫长的沿江军事据点开始逐一备战进攻。

怒江源头在西藏拉萨以北的纳木错湖，相传三国时期，诸葛亮南征"五月渡泸"渡的便是怒江。它从海拔3000多米高的横断山脉冲出一条深谷，直泻而下，水温极低，似冰河，水流湍急，一秒钟流速6~7米，水深滩险。两岸是著名的高黎贡山山脉，最低海拔

3000多米，最高达5000余米，常年积雪。在高山上蜿蜒的千年古道，陡峭、险峻，坡度达45度，是"猿猱欲度愁攀援"的险峰。马驮子上去，牵马人都要将马背上驮的物品卸下来，人背肩扛，否则马一失蹄，便会全部滚下立陡悬岩的万丈深渊。日军占据西岸主峰两年，修筑了坚固的防守工事，明碉暗堡遍布各山头。站于山巅，可俯视缅甸全境。腾冲实乃进攻缅甸、印度的军事要塞。我军需涉洪波、攀悬岩，仰攻高山，而敌军居高临下，掌握制高点，实为易守难攻之难上难。

远征军总司令部面对这重重艰难险阻，根据地形、敌情，做了周密的渡江作战方案，调集第十一、第二十两个集团军主要兵力，共七八万人，在洱海苦苦训练几个月。又得美军的支援，天上有飞机，水上有橡皮舟，陆上有火燃喷射器。万事俱备，只待东风。春暖五月，月圆的深夜，将士们驾驶橡皮舟及我军自制的竹筏、木船，兵分四路于怒江四个渡口奔高黎贡山四个垭口，悄悄勇猛地进发。漫长的江岸密林没有丁点儿灯火、丁点儿声音，只有水声和徒步登岸、爬山的喘息声及士兵们的小声传令，借闪闪月光于树荫、山谷间隐蔽急速行动。即便这样，还是被熟睡中的狡猾日军发现，不断有机枪向江中扫射，手榴弹于波浪中爆炸。再强的火力也阻止不了远征军的反攻决心，他们的口号是"誓死收回我们的国土，不强渡怒江誓不罢休！"一艘橡皮舟被炸翻，又一艘木船跟上去；一队马驮子被枪林弹雨阻挡，又一队骡驮子沿着另一羊肠小道攀岩前进……如此前赴后继，水浪里滚，山岩上爬，又加强大火力掩护，几万浩荡大军强行渡江攀山，于天将拂晓时全部抵达了怒江西岸，开始了仰攻高黎贡山的战斗。

蒋介石按卫立煌报告，立即将成功渡江、赢得大反攻第一步胜利的喜讯电告美国总统罗斯福。罗斯福大喜，立马拍板再向远征军提供武器、物品支援。美国驻中国战区参谋长史迪威将军大夸"卫立煌是中国战区最能干的司令"，并令美军"飞虎队"机组迅速将支援物品投向战区，急盼中国在东方主战场牵制住日军，打通中印公路，使驻印同盟军早日会合，早日争得二战胜利。

5月，大雨滂沱，山洪暴涨，高黎贡山脉峡谷洪水流速极大，石撞浪涌，士兵连连倒入水中。寻走的山间小道满是雨水和泥巴，走几步鞋底就沾上厚厚的泥巴，挪不动步，士兵们干脆甩掉泥鞋，打赤脚冒雨爬山。敌人在坚固的工事里向我军射击，有的还把机枪架在树的枝杈上，自己用枝叶伪装好，待我军艰难走到近处时，突然一排子弹，将我军弟兄击倒。敌人阵亡的也不少，他们长期坚守深山，给养供应不上，饥寒交迫，遍染疟疾，高烧不止，倒下死了都来不及收尸，日军把尸体摞起来当掩体，把机枪架在尸体上向我军射击。远征军将士上山后，根本来不及修筑工事，多以长枪、刺刀拼杀，展开肉搏战。雨水、汗水加血水将军衣打湿、浸透，全靠体温暖干，干了又遇雨浇、血浸，依然如故。飞机投放的物品一时供不上，断粮断炊，便就地挖野菜、野草充饥。山顶空气稀薄，雾气蒙蒙，喘气困难，只能大口大口吸气、吐气，但是鬼子上来，枪声一响，战士们立即呼吼大喊，抱枪挺身，紧握刺刀，直冲向前。美军飞机曾投下100多件雨衣，却极少有人穿在身上，战士们宁肯浑身雨水、血水，光脚板，刺杀方便。有的士兵把雨衣盖到牺牲战友的尸体上，

远征军强渡怒江

以免泥水糊满英雄的面孔。晚间，战士们将雨衣铺在湿地上，陪同长眠的战友，给予他们温暖……

"我们都是从死人堆爬出来的，命大、福大，也是那些死去的战友以他们的生命保住了我们。"邵先生沉默许久，深情地说了这短短的一句。

卢先生补充说："没有经过敌人侵略，就不能真正理解保家卫国、为国捐躯！"他又慢慢介绍起来：

在腾冲郊区，住着一位湖南籍老兵，姓蔡，他曾含泪向卢先生讲述过他们连长为国捐躯的故事。

连长姓高，是东北汉子，九一八事变后家破人亡，他一人闯进关内，一心要打日本鬼子。他被编入远征军一个加强连。在腾冲的大决战尾声中，他们同日军遭遇后展开血战。他们看到日本鬼子端着的三八大盖步枪上了刺刀，气势汹汹地向他们围拢来。加强连的士兵手握着上了刺刀的七九步枪，想立即开枪先打死儿个日军，但高连长下令不准开枪（怕招来躲在工事中的日军支援），一律用刺刀捅杀，叫小鬼子也尝尝咱中国人刺杀的厉害。士兵们端着闪亮的刺刀，呼喊着向他们冲去。一个鬼子兵的刺刀刺向老蔡的腰部，他就地一滚，随着一个弹跳，一声大吼，一个突刺，直插进那鬼子兵的右肋。刚拔出刺刀，另一个鬼子兵从侧面冲过来，欲刺他的下腹部，他又一个"防下刺"，顺势一枪托，把这个鬼子兵的下巴和牙齿都打飞了。此时100多个鬼子兵和200多个中国士兵扭成了人团杀来滚去。一个日军把刺刀捅进一个战士的肚子里，还没等拔出刀来，高连长从日军身后一刀插进他的肋间。另外两个日军又从左右向高连长冲来，一位苗族战士飞奔而来，一刺刀捅了一个日军，又一枪托，击碎了另一个日军的脑袋。双方滚成一团，浸泡在流淌的血水里拼命厮打。这时，高连长挥舞起一把英国造的大弯刀，瞪大双眼，"呀——呀——"怒吼着，像发了疯的狮子一样向厮打中的日本鬼子扑去。加强连的士兵纷纷赶来，群起而上，你杀我刺，又砍又剁，杀得日军血水四溅，连连倒下，仓皇退下山去。

在雷雨交加中，在雨水混着鲜红血水滚滚流淌中，看着那被砍得龇牙咧嘴、倒在血泊中的鬼子们，战士们蹦高大喊"杀得痛快！杀得痛快！"互相拍手称快。但当收拢阵亡战友的尸体时，都禁不住泪水长流。高连长，这位高大的东北汉子，抱起一个战士尸体泪流满面，又抱起一位阵亡战友，双膝跪下，号啕大哭。战士们向前扶他，他仍长跪不起，哭声不止。他掏出自己的手枪，面向全连仅剩下的 12 名士兵说："兄弟们，你们活着的是好汉，战死的兄弟是英雄，这些英雄的兄弟到了阴曹地府不能没人收管，我想要永远陪着他们。我们这代中国人活着要和侵略者拼到底，死了要和他们到十八层地狱誓死决战，不打败日寇法西斯收复国土，决不罢休！"说着，啪的一声枪响，他微笑着倒在牺牲战友的身旁……

听罢卢先生讲述的这撕心裂肺的悲壮故事，我们一时语塞。我端着茶杯品不出普洱茶的香，却为同法西斯殊死拼杀的远征军的英雄气概不停地默默称赞。卢先生说，蔡先生经历的这场惨烈战斗，早已有人写成文字。近几年，蔡先生每到清明或战斗的 6 月，都要到高连长的墓碑前叩头祭拜，有时还用黄草纸剪一把大刀放在墓碑前点燃，望着那熊熊升腾的火焰默默祷告："老连长，再送上一把大刀，在十八层地狱或天堂，遇到不服输不认错、幻想东山再起的法西斯，你还带着弟兄们用大刀向他们的头上砍去！狠狠砍去！'寸寸喋血争，殊死泰山重！'"

"这就是我们真正的中国人！"邵先生一字一句表述，又喃喃叨念，"英美同盟军有时对我们的悲壮之举不能理解，对我们在云层战场上，在苦水、血水中持久顽强的拼杀也不能理解，但十分钦佩，常常伸出大拇指夸赞：只有中国人！只有中国人！"

"盟军将士也不乏英雄勇士。"卢先生又接着介绍道：

在滇西反击战中牺牲的美国最高级别少校军官麦姆瑞，在 1944 年 5 月 20 日那场艰难的战斗中，为指挥准确得当，不顾个人安危，一直站在一个显眼位置上，观察敌人及其火力，指挥我军乘机进攻。突然，一发炮弹在他的身边爆炸，弹片弹入他的胸部，他还要坚持指挥，终因冲击波造成的震荡而牺牲。我远征军将军、师长等军官前去吊唁，并同美军在其遗体旁守护。当时条件极差，一时找不到棺椁，一位苗族土司将为其阿爸准备的杉木棺椁献出，还找了一个长有高高菩提树的山间石阶给予安葬。没有牧师、神父主持，出席葬礼的美中同盟军都往坟墓上空齐举长枪连发三轮子弹，震飞白云、震响长空，愿逝者安息！并告全球人民，在反法西斯战场，各国、各族人民将团结得更紧，友谊更深，定会取得伟大胜利，争得永久和平！

从春时 5 月到初秋 9 月，滇西云层上你死我活的反法西斯惨烈战斗，终告胜利！

1944 年 9 月 14 日，卫立煌司令向远征军及所有参战的人民颁发嘉奖令。腾冲军民、张县长及土司、民壮游击队的头头们共同组织广大群众于城郊举行了盛大的庆胜利大会。

这胜利，"半由于将士用命力摧强寇，半由于腾冲民众大力支援之功"，远征军一位指挥官如是报告，当年和顺民众"均争相驮沙袋，运子弹，送菜饭，支援前线"，原拟 10 天战役，仅血战 24 小时有余便攻下来凤山！

这胜利，及滇西战场的全面胜利，极大支援配合了盟军在印缅战场及太平洋战区的作战。正如美国前总统罗斯福所言，"在亚洲，中华民族进行的另一场伟大防御战争则在拖住日本人"，否则，"有多少师团的日本兵，可以因此调到其他方面来作战……"

也如当年美军驻延安的观察组组长威尔伯向晋察冀军区政委程子华所说："我虽然不同意你们的主义，但你们所做的每一件事（指"地道战""地雷战"等）我都予以赞赏……八路军、新四军开展的游击战在抗日战争中确实起到了中流砥柱的作用！"

毛泽东主席明言："中国的抗日战争，在全世界反法西斯阵线中尽了它的伟大责任！"

我们参观团一行将告别腾冲时，去滇西抗战纪念馆归还资料。在有张大千题字的肃穆的国殇墓园留影时，我重温了在此见到、听到、读到的一场场催人泪下的国殇，想到战国诗人屈原的祭歌《国殇》："操吴戈兮被犀甲，车错毂兮短兵接；旌蔽日兮敌若云，矢交坠兮士争先。……诚既勇兮又以武，终刚强兮不可凌。身既死兮神以灵，魂魄毅兮为鬼雄！"

这就是我们中华民族的传统，这正是：五千年文明不曾消亡，中华民族不惧创伤，凤凰涅槃，浴火重生，高歌复兴，屹立东方！

在将走出国殇墓园时，我们又看到在园边有尖尖的小坟墓，墓碑上写"倭冢墓"，原来是腾冲人民为战死的日军修筑的坟冢。近年，死者家属和日本友人来访时，均在墓前三鞠躬，施九十度大礼，洒下瓶瓶白酒，用手帕包一捧坟前的黄土揣入怀中。不知他们是否想到，日本如歪曲历史真相，掩盖侵略罪行，那也必得如此可悲下场！真诚希望他们都能不忘历史，深深铭记，走和平发展道路。

所有爱好和平的人民，都会深深铭记历史，永思不忘，珍爱和平，保卫和平，开创美好未来！

后　记

　　衷心感谢大连出版社，在纪念建党 95 周年、红军长征胜利 80 周年之际，要同时为我出版两部纪实文学即报告文学集——《梦想的力量》《信仰的力量》。我欲出版此书，是想通过对历史和现今，对革命前辈、红色老作家的抒写，表达一个中心：以爱国主义精神讲好中国故事。

　　我所以热心于如此讲述中国故事，出于我自己的成长经历和感悟，愿以在纪念建党 70 周年时《辽宁作家》特约我撰写的《入党》一文（刊于 1991 年《辽宁作家》三期）代为后记。

　　1948 年 10 月，辽南大地一片金黄，喜庆丰收，辽沈前线炮声隆隆，捷报频传。在这迎胜利之月的 22 日夜晚，我在辽南瓦房店市北山脚下一座小学教室里，同几位白山艺校同学、战友面向鲜红的党旗举手宣誓。誓言庄严，声音很低，灯光闪亮，窗帘严密，因为那时我们是秘密入党。同我一道宣誓的有现已成为国家话剧院著名演员的田成仁等，他们的候补期为半年。而我仅 16 岁，候补期长，为青年候补党员。

宣誓后，我的入党介绍人之一白鹰校长（上海人，老红军）紧拉着我的手，蹲在院中一棵大树下，望着满天星斗，轻声对我说："小赵，你是喝着党的乳汁长大的，党是我们的母亲，我们一生献给母亲，献给党，今后，要按党性原则学习、锻炼……"

那时，我还不太理解"党性原则"是什么意思，但，"党是母亲"这句话，使我已热血沸腾的身心更加了一把火，常燃不熄。

白鹰校长，现已 93 岁高龄，早已从中国艺术研究院副院长职位退下。我每到北京，都去看望他，面对这位身坐轮椅仍头脑清晰、谈笑风生的老人，常常温习他的"党是母亲"，"大手牵小手，步步往前走"的肺腑忠言。

我 14 岁就读于安东联合中学，幸运地得到了教导主任兼班主任刘佩侠老师（后来才知道她是新四军老干部）的关爱，她派我和另一同学给在海城起义的原国民党军第六十军一八四师师长潘朔端献花；她选我及部分同学代表去听取高崇民、阎宝航从大后方归来揭露国民党暗杀闻一多等罪行的报告；她选我为班级墙报委员。暑假，她给我五元钱（我家困难）介绍我到辽东白山艺术学校临时学习。她嘱咐我说："你墙报办得好，喜欢作文，送你去那里好好学习，提高作文水平。如有兴趣了，就学下去，参加革命。"我出生于九一八以后的 1933 年，彻头彻尾地接受了日伪奴化教育，根本不明白什么是参加革命。但，到了这个学校，吃饭不要钱，还能吃到小米、高粱米干饭，比家里伙食好；同学们对我又十分热情关照，还有许多新书可以随便阅读，我极有兴趣，爱上了这个学校。

10 月，学校突然宣布：全体同学整装待发，到乡下去搞宣传活动（实际是蒋介石撕毁了《双十协定》，大举进攻解放区，我们随军撤退），有的同学听到了风声，悄悄回家了，有的家长前来领孩子。我的祖母和叔叔（我的父母在我 10 岁时为躲劳工去抚顺谋生了，将我留在祖母身边）也急匆匆赶来拉我回家，说八路军要把你们送到老毛子（苏联）去换飞机、大炮……在我懵懵懂懂哭哭闹闹时，白鹰校长赶来，他耐心地劝我祖母不要听信谣言，细讲道理，最后说："请老人家放心，我们一定照顾好这个小妹妹，大手牵着小手，步步往前走，不久将来，保证让您老人家看到一个健健康康长大成人的好孙女。"应祖母的请求，白鹰校长亲笔写一保证书。以后，白校长扮演了《白毛女》中的杨白劳，同学们常开玩笑说，白校长一个手印保下一个黄毛丫头，又一个手印卖了喜儿亲闺女。

　　我真的参加了革命，被"大手"们牵着步步往前走。解放战争反攻开始的 1948 年年初，一位大我几岁的女同学突然悄声问我："小赵，你想参加共产党，当党员不？"我很惊奇："我们跟着共产党走，经风浪，打游击，不早就参加了共产党，当了党员吗？"她笑了："傻丫头，共产党是个组织，秘密的，表现积极、进步的人才能入，我们都不是党员呀。斯大林说，共产党是特殊材料制成的。我们也得争取成为革命的特殊材料。"

　　后来，我大胆找到白校长，直问："在革命队伍里还另外有共产党组织吗？您是老革命，一定是光荣的共产党员！"他笑着，没有正面回答，我诚恳向他表示，望领导能不断指出我的缺点，我积极改正，大步前进，以后能参加共产党。他说："好，时刻准备着！共产党员要树立崇高的理想和信仰，准备牺牲个人的一切，为共产主义奋斗！"

　　我按着他们的教导和帮助，默默刻苦学习，实打实地工作，时刻准备着。在辽沈战役全面胜利前夜，我实现了自己的愿望和理想，成为无产阶级先锋队一员！半个多世纪过去了，每当纪念党的生日、重温党走过的光辉道路、深入学习党的光荣传统时，每当我前去看望我的入党介绍人白鹰同志时（现仍健在），我都会情不自禁地回忆起 1948 年 10 月那个星光闪烁的不平凡的夜晚，重温"党是母亲"这句沉甸甸、暖融融的话语。母亲的本性、党性原则，以我几十年学习、实践理解，就是坚守信仰的大爱，纯真的爱。爱人民，爱事业，爱生活，爱祖国。爱，来源于信仰、来源于理想，以道德修身，服务人民，为事业担当。我进入辽宁儿童文学队伍，即遵循这一守则，有一分热发一分热，有一分光发一分光，大手牵小手，大步往前走！生命不息，前进不止！

　　本书原为我提供的一部书稿，出版社编辑感到篇幅过多，提议按其内容分成两部，分别为《信仰的力量》《梦想的力量》，也可为姊妹篇。感谢大连出版社的精心策划。

　　永远感谢指引我前进的长者、战友、同志们！感谢我的老同学、中国作协原副主席邓友梅为本书作序。还要感谢谭华女士、沈铁冬先生，他们为本书的出版均给予热情帮助。